AF555700

BLANDINE

ET SES COMPAGNONS

LES MARTYRS DE LYON

BLANDINE

ET SES COMPAGNONS

LES MARTYRS DE LYON

DRAME CHRÉTIEN ET HISTORIQUE

EN DEUX ACTES OU DEUX JOURNÉES ET CINQ TABLEAUX

EN PROSE

PAR HENRI GOUT

MONTPELLIER

TYPOGRAPHIE DE PIERRE GROLLIER, RUE DES TONDEURS, 9

1859

A SON ÉMINENCE

LE CARDINAL DE BONALD,

ARCHEVÊQUE DE LYON ET DE VIENNE, PRIMAT DES GAULES.

MONSEIGNEUR,

Je viens humblement déposer aux pieds de votre ÉMINENCE ces quelques pages où sont fidèlement retracés les combats de ces généreux Confesseurs qui, les premiers, à Lyon, sont venus arborer l'étendard sacré de la Croix, ou ont répandu leur sang pour la défense de la vérité. Je regrette bien vivement de n'avoir pu mieux remplir cette tâche importante.

J'ai hésité longtemps, MONSEIGNEUR, avant d'offrir à un Prélat si distingué par ses vertus et ses mérites une œuvre aussi imparfaite que la mienne. Mais n'êtes-vous pas le digne successeur du vénérable Pothin? Votre nom glorieux n'est-il pas venu ajouter, après dix-sept siècles, un nouvel éclat à la splendeur de cette chaire auguste qui rappelle encore le dévouement et les travaux du grand Irénée? Et Blandine n'est-elle pas la patronne d'un grand nombre de vos enfants? Cette œuvre, MONSEIGNEUR, vous appartient donc en propre, et quelle qu'en soit l'imperfection du style ou la faiblesse de la conception, je conserve la douce espérance que vous daignerez en accepter la dédicace. J'ose croire que votre indulgence fera grâce à l'auteur en faveur de l'intention.

MONSEIGNEUR, puissiez-vous bénir cette œuvre, afin que, par votre protection, elle pénètre dans le sein de ces familles chrétiennes où se cachent un si grand nombre de pieuses jeunes filles qui, comme Blandine, ont des obstacles à vaincre, et que l'exemple de celle qui fut leur sœur sur la terre et qui est maintenant leur protectrice dans le ciel, les fasse persévérer dans la vertu ! Puisse votre bénédiction s'étendre également sur l'auteur, afin qu'il conserve jusqu'à son dernier soupir cette foi ardente qui seule a pu donner un peu de vie à son œuvre !

Plein de confiance en votre bonté, je vous prie d'agréer, MONSEIGNEUR, le profond respect avec lequel j'ai l'honneur d'être

DE VOTRE ÉMINENCE

Le très-humble et très-obéissant serviteur,

HENRI GOUT.

Montpellier, le 2 juin 1859, fête de Sainte Blandine.

BLANDINE

ET

SES COMPAGNONS LES MARTYRS DE LYON.

DRAME CHRÉTIEN ET HISTORIQUE

EN DEUX ACTES OU DEUX JOURNÉES ET CINQ TABLEAUX.

La scène se passe à Lyon, l'an 177 de l'ère vulgaire et les 1er et 2 du mois de Juin; le premier et le dernier tableau dans un salon du palais de Julia, le deuxième dans le parvis d'un temple chrétien, puis dans l'intérieur du temple lui-même, le troisième dans un cachot de la prison de la ville, le quatrième dans le vestibule de la même prison.

PERSONNAGES.

SILVIUS, 23 ans, patricien romain, frère de Julia.

POTHIN, 94 ans, évêque de la ville de Lyon.

IRÉNÉE, 35 ans, successeur de Pothin.

PONTIQUE, 15 ans, jeune esclave affranchi.

JULIA, 40 ans, dame romaine, riche, puissante et noble patricienne.

BLANDINE, 24 ans, esclave de Julia.

PRIME, capitaine des gardes du palais de Silvius.

RÔLES SECONDAIRES.

SANCTE, diacre de l'église de Lyon.

ÉPAGATHE, surnommé *l'Avocat des chrétiens.*

ALEXANDRE, grec d'origine, chrétien.

ÉPIPODE, ami d'Alexandre, *id.*

Un tribun du peuple.

Un licteur.

Un préposé à la chambre des tortures.

Un geôlier.

COMMINE, esclave.

Second esclave.

Hommes et femmes chrétiens.

Esclaves de Silvius et de Julia.

Soldats et peuple, Romains ou Gaulois.

Soldats préposés à la garde du palais de Silvius.

ACTE PREMIER.

PREMIER TABLEAU.

La scène représente un salon paré somptueusement, dans le palais de Julia ; au fond deux portes ; au milieu du panneau placé entre ces deux portes, on voit un trophée d'armes au milieu duquel est un bouclier ; à droite et à gauche, fenêtres. Tout près de la fenêtre à gauche des spectateurs, une table sur laquelle il y a des fleurs ; quelques-unes de ces fleurs forment des bouquets, d'autres des uirlandes, les autres sont éparpillées ; Julia et Blandine sont assises autour de cette table.

—

SCÈNE I.

JULIA, BLANDINE.

BLANDINE, *s'adressant à sa maîtresse et tenant des fleurs dans la main.*

Oh ! Madame, pourquoi me dites-vous encore : Demain, demain, et toujours demain ? Pourquoi éloignez-vous ainsi, malgré vos promesses, et même contre vos désirs, ce jour solennel, cette heure sainte, désirable, où, prosternée aux pieds de nos saints autels, vous devez abjurer vos erreurs et renoncer au culte des faux dieux ?

Julia, *arrangeant un bouquet de fleurs.*

Il me serait bien difficile, Blandine, de répondre à ta question, car mon hésitation est inexplicable. Ce retard, que je ne puis motiver, m'afflige beaucoup; je te l'avoue, ma volonté est livrée à des luttes bien étranges; je ne me comprends pas moi-même. Je veux être chrétienne, je veux être initiée aux mystères de cette religion sainte, dont je ne connais pas encore toute la sublimité, mais qui néanmoins déjà ne laisse pas de transporter mon cœur d'amour pour son divin fondateur et de respect envers ses pieux adeptes. Je l'ai promis, je le veux. Oui, il me tarde beaucoup, et cependant.......

Blandine.

Vous différez toujours. Je vais tous les matins cueillir pour vous et par votre ordre ces fleurs fraîchement écloses, qui doivent embaumer de leurs parfums suaves notre pieux sanctuaire. Vous-même, Madame, de vos mains blanches et délicates vous daignez en former des bouquets ou des guirlandes, dont je vais ensuite parer gracieusement nos autels; mais, hélas! quand vient le triste crépuscule, ces pauvres fleurs se fanent, et la cérémonie à laquelle elles devaient prêter leur éclat et leur parfum est toujours, toujours renvoyée au lendemain.

Julia.

Eh bien! je te le promets; non, ces fleurs n'auront pas été vainement cueillies aujourd'hui; notre travail ne sera pas un passe-temps uniquement consacré à la futilité, et tes paroles, ainsi que celles du vénérable Pothin, ne resteront pas stériles dans le fond de mon cœur. Ce soir, oui, ce soir, je viendrai prendre place dans le saint lieu, et l'eau sainte du baptême coulera sur mon front pieux et repentant.

BLANDINE.

Oh! merci, ma très-noble maîtresse; oui, mille fois merci! et pour vous et pour moi.

JULIA.

Pour toi surtout, n'est-ce pas? tu vas, en effet, être bien heureuse de me voir assise parmi les tiens et de savoir que toutes les deux nous vivrons de la même foi et du même amour en Jésus-Christ et pour Jésus-Christ.

BLANDINE.

Oh! oui, Madame; mais merci aussi pour vous, car je connais, moi, toute la puissance que cette religion divine peut exercer sur notre bonheur, et il me tarde beaucoup....

JULIA.

Que je sois au nombre des cathécumènes; oui. Mais d'où te vient, dis-moi, ce grand désir? Pourquoi ton empressement?

BLANDINE.

Hélas! je ne sais pourquoi; un sombre pressentiment, une voix intérieure que je ne puis m'expliquer me dit qu'il faut nous hâter; car demain, demain, qui sait s'il en sera temps encore? Comme moi, Madame, vous savez que les chrétiens jusqu'à ce jour n'ont pu professer leur culte que dans des lieux tristes ou ténébreux; les catacombes ou les cachots, voilà leurs demeures habituelles, et la mort a été souvent le prix de leur amour pour leur Dieu et de leur dévouement pour leurs semblables.

JULIA.

Je sais, en effet, qu'à Rome et en Italie, les chrétiens ont été poursuivis avec un grand acharnement et punis avec beaucoup de cruauté. Les règnes des Néron et des Trajan sont trop présents à ma mémoire pour que j'aie pu oublier à quelles conditions il était permis, il n'y a encore que quelques années, de se dire les disciples du Crucifié. Mais aujourd'hui l'empereur Marc-Aurèle me paraît trop prudent et trop sage pour continuer les persécutions; d'ailleurs, il y a loin de Rome à Lyon, et tandis que la capitale de l'empire était inondée du sang des martyrs, la capitale de la Gaule Celtique n'a jamais eu à déplorer d'époque sinistre.

BLANDINE.

Jusqu'à ce jour, en effet, nous avons pu nous livrer, dans Lyon, à l'exercice de notre culte, non pas en public, il est vrai, mais du moins avec une certaine liberté. Cependant je crains bien que cet état de choses ne puisse durer longtemps encore; car le peuple, trompé par la fourberie des grands-prêtres idolâtres, hommes cupides, méchants et provoqués par la jalousie des rabins de la synagogue, et ne voyant, d'après les faux rapports des uns et des autres, dans les chrétiens, que les ennemis des dieux et de la patrie, ne les tolère que très-difficilement; il est même à craindre de sa part de mauvais traitements et peut-être une insurrection. Alors Marc-Aurèle, sous l'impulsion nouvelle de ces fausses apparences, poussé toujours par ses conseillers perfides, cruels, ambitieux et passionnés, et surtout par suite de son ignorance profonde d'une doctrine professée par des hommes que l'orgueil philosophique et stoïque ne peut que mépriser, d'une doctrine dont il n'a reconnu la toute-puissance et la sublimité que quelques instants, lors de la victoire qu'il a remportée grâce à la valeur et aux prières de la légion fulminante, mais dont le souvenir s'est bientôt effacé de sa mémoire ; l'empereur, dis-je, pourrait bien étendre son bras tout-puissant jusqu'à nous pour frapper et punir ceux que, dans sa prudence, dans sa sagesse et dans sa justice, il a jugé à propos de tolérer pendant trois ans.

JULIA.

Je dois avouer, en effet, que le peuple, prêtant une oreille trop crédule aux faux bruits qui circulent sur le compte des chrétiens, ne les aime pas ; ce que tu me prédis pourrait bien arriver. Mais alors que faudrait-il faire? En face des persécutions, quel parti doit-on prendre?

BLANDINE.

Oh! quant à moi et pour mon propre compte, je n'ai plus à choisir. Peu m'importent les édits des empereurs, les persécutions et la mort. Je suis toute au Christ; j'appartiens toute à ce Dieu, mon créateur, et à vous, Madame, ma maîtresse ; vous pouvez donc disposer de moi, quand et comme il vous plaira, et j'accepte dès ce moment même, de votre main libérale et bienveillante, la couronne de roses ou la palme du martyre.

JULIA.

Eh quoi! si jeune, si frêle et si jolie, les tortures et la mort même n'auraient sur toi aucune puissance !

BLANDINE.

Aucune, Madame, aucune! J'ai reçu de la bonté et de la toute-puissance de mon Dieu la vie et le bonheur, et Dieu peut, lorsqu'il lui plaira, reprendre ce bonheur et cette vie qu'il ma prêtés, donnés peut-être pour quelques jours seulement.

JULIA.

J'admire, mon enfant, ta sagesse et ta constance; mais, dis-moi, pourquoi cet empressement, si vraiment il y a quelque chose à craindre, à ce que j'embrasse une cause qui pourrait me devenir funeste?

BLANDINE.

Vous trouverez, sans doute, Madame, mes paroles bien étranges et bien hardies; mais veuillez me permettre de vous dire tout le fond de ma pensée.

JULIA.

Je sais, en effet, que vous autres chrétiens vous avez une manière de voir, de dire et d'entendre les choses incompatibles avec notre éducation païenne; quelquefois même vous poussez la franchise jusqu'à la témérité; mais parle, va, dis tout, je t'écouterai avec plaisir, et je ne verrai en toi qu'une chrétienne et non plus une esclave.

BLANDINE.

Eh bien! très-noble Dame, nous avons besoin toutes les deux de participer à l'œuvre de la rédemption, et la foi est aussi nécessaire à l'esclave qu'à la femme noble; je dirai même, comme exemple, plus nécessaire à la femme noble, car le plus beau siége de la foi est dans la noblesse. Cette foi vive qui éclaire l'intelligence doit avoir toujours pour compagne la charité qui unit tous les hommes entre eux et l'espérance qui les console. Ainsi donc, pour votre bonheur, vous devriez.....

JULIA, *rejetant son bouquet.*

Tes paroles, en effet, sont fort étranges; mais comment peux-tu croire que le christianisme soit pour moi une religion indispensable pour être heureuse? Quelles sont donc les faveurs que la noble Julia, la fille d'un patricien, la veuve d'un proconsul, peut espérer de l'œuvre d'un homme mort de la mort d'un vil esclave et sur un infâme gibet? Ton Christ peut-il augmenter mes trésors ou ma puissance? Pauvre insensée! as-tu compté le nombre des esclaves qui sont sous ma domination, et dont je dispose selon mon plaisir et mon caprice?

BLANDINE.

Six cents êtres humains courbent devant vous leur front respectueux et obéissant.

JULIA.

As-tu vu les splendeurs de mes palais? Connais-tu la valeur des richesses qu'ils contiennent?

BLANDINE.

J'ai visité quelques-unes de vos demeures splendides et vraiment royales, et j'ai eu lieu d'apprécier la valeur des trésors qu'elles renferment. Je n'ignore pas non plus qu'ici bas rien n'égale la beauté et l'agrément de leurs sites vraiment enchanteurs.

JULIA.

Connais-tu les titres et le rang de mes ayeux?

BLANDINE.

Vous comptez parmi vos ancêtres, dont la source se perd dans la nuit des temps, des chevaliers, des sénateurs, des consuls et des proconsuls.

JULIA.

Eh bien! que me faut-il de plus? que puis-je désirer encore? en un mot, que peut ton Dieu pour moi?

BLANDINE.

Tout, Madame, puisque seul il peut donner la paix à votre cœur.

JULIA, *se levant avec colère et allant au milieu de la scène.*

Chrétienne trop présomptueuse, qu'as-tu dit? quel mot viens-tu de prononcer?

BLANDINE, *humblement et en suivant sa maîtresse.*

Oh! Madame, pardon! grâce! pitié!

JULIA, *avec fierté.*

Et qui t'a donc appris, esclave imprudente et téméraire, à lire ainsi dans le fond de mon cœur? De quel droit te permets-tu de me dire si audacieusement, en ces lieux et tout haut, une chose que je n'ai jamais osé tout bas m'avouer à moi-même? Que sais-tu? que t'ai-je dit? qu'as-tu vu qui puisse t'autoriser à me parler ainsi? D'où te vient cette science fatale, que je ne te connaissais pas encore? Oh! malheur! malheur à toi! pour t'être permis, en appréciant mon cœur de noble patricienne d'après l'estimation de ton cœur d'esclave, de toucher aux limites de mon bonheur, et de pénétrer des secrets ensevelis dans les profondeurs de mon être.

BLANDINE, *aux genoux de sa maîtresse.*

Oh! Madame, pitié! pitié pour moi! Que votre justice pardonne à l'esclave l'offense involontaire qu'elle vient de vous faire! Pardonnez-lui, au nom de la clémence que vous avez promise à la chrétienne!

JULIA, *soucieuse, puis avec bonté.*

Enfant, relève-toi; va, je suis bien obligée de te pardonner puisque, après tout, tu n'as dit que la vérité. Oui, vois-tu?

je suis riche, bien riche ; puissante, bien puissante, et pourtant je souffre ! Oui, je souffre ! Tous mes désirs sont satisfaits ; une fois mes ordres donnés, rien ne peut résister à ma volonté de fer, tout ploie sous ma toute-puissance, et pourtant, et pourtant, hélas ! je n'ai pas la paix du cœur ! Non, non, je ne suis pas heureuse ! Oh ! dis-moi, puisque tu connais la source du bonheur, quelles sont donc les causes de mes tourments? Explique-moi les secrets impénétrables de ma destinée, bien glorieuse et bien triste à la fois.

BLANDINE.

En vérité, Madame, vous ne m'avez rien dit et je n'ai rien vu qui puisse m'autoriser à vous croire malheureuse ; mais mon Seigneur et Maître Jésus-Christ nous a dit : Heureux les doux et les pacifiques, heureux les modestes, les pauvres en esprit et les humbles de cœur ! mais malheur aux tyrans et aux égoïstes ! malheur aux orgueilleux et aux impudiques ! Et comme je sais que l'orgueil, la cupidité, la tyrannie et les voluptés sont les fruits des richesses, des honneurs de la puissance, j'ai compris, Madame, que vous cachiez sous de brillants dehors, au milieu des hommages qui vous environnent de toute part, un cœur maladif et peut-être ulcéré. Oui, des inquiétudes frivoles mais qui n'en font pas moins souffrir ; des contrariétés puériles, des ennuis, de la jalousie, des désirs péniblement contenus, des regrets amers et parfois des remords, voilà les compagnes inséparables des plaisirs de la terre et que les heureux de ce monde trouvent au sein de leurs vastes palais, au milieu des splendeurs de leurs banquets somptueux et parmi les distractions variées de leurs fêtes superbes.

JULIA.

Hélas! il n'est que trop vrai; mais il me faudra donc, en devenant chrétienne, renoncer à cette fortune, à ce rang, à ces honneurs que je tiens de la bonté de mes dieux et de la valeur de mes ancêtres.

BLANDINE.

Oh! non, Madame; mais vous ne devez voir dans ces biens que des ennemis qui appesantissent sur vous leur domination tyrannique. Vous ne parviendrez à les soumettre à votre empire qu'à l'aide de la grâce du Dieu que j'adore, et cette grâce ne vous sera donnée que par la voie du christianisme; car le chrétien seul, par l'alliance qu'il sait faire de la fortune avec la charité, de la puissance avec la justice, de la noblesse avec l'humilité, de la liberté avec le devoir, se servant de tout pour la gloire de Dieu, n'abuse en rien de ce qui peut être préjudiciable à son prochain; gouvernant ou dirigeant ses passions dans la voie du bien, sans se laisser ni diriger, ni gouverner par elles, il peut même au sein des richesses et au milieu des vanités de ce monde trouver la paix et le bonheur.

JULIA.

Le chrétien est donc partout et toujours parfaitement heureux?

BLANDINE.

Hélas! non, Madame! De tels pensers sont de graves erreurs, car la vie du chrétien n'est, au contraire, qu'un combat continuel. Le but de la vie n'est à ses yeux que la mort, et la mort pour lui c'est l'éternité, la mort c'est le Ciel ou l'enfer. Dieu ne nous a donné quelques heures dans le temps que pour nous rendre dignes par nos vertus de l'éternité. Nous ne devons travailler sur cette terre qu'à la conquête du Ciel, car le Ciel est une récompense que Dieu, dans sa clémence et sa justice, ne peut accorder qu'au vainqueur; le Ciel c'est un fort imprenable pour l'idolâtre, le chrétien seul peut le conquérir, mais il ne peut le conquérir que par la violence et par les combats. Ne se passe-t-il pas, Madame, quelque chose de semblable dans les luttes des cirques? La couronne de fleurs qui orne le front du gladiateur cache des épines bien cruelles; mais Dieu donne au soldat valeureux la force de soutenir la lutte, et la bonne volonté suffit pour franchir tous les obstacles et vaincre toutes les difficultés. Oui, le chrétien souffre quelquefois plus encore que l'idolâtre, car s'il a appris auprès du Christ à aimer avec plus de délicatesse, à être bon, compatissant; s'il y a puisé un sentiment plus parfait de la justice, il a contracté par là même une sensibilité plus exquise qui ne fait que multiplier ses maux et les aggraver. Mais la foi, l'espérance, la résignation, sont des baumes précieux, bienfaisants et consolateurs, que le Ciel répand avec profusion dans ses blessures. Plus les obstacles se multiplient, plus il sent son courage grandir; plus ses ennemis redoublent, plus sa valeur augmente, et ses chutes même ne font que fortifier son ardeur pour le service de son Dieu.

JULIA.

Oh! que tes paroles sont consolantes et persuasives! Comme elles font déjà du bien à mon cœur! Mais silence! Voici mon frère Silvius qui s'avance en ces lieux, et il doit, pour quelques jours au moins encore, ignorer mes résolutions et les suites des démarches que je vais faire. *(Julia et Blandine vont se rasseoir auprès de la table.)*

SCÈNE II.

LES MÊMES, SILVIUS.

SILVIUS.

Salut, ma belle Julia !

JULIA.

Que les dieux vous conservent en joie et en santé, mon frère bien-aimé !

Comment allez-vous aujourd'hui ?

SILVIUS.

Très-bien, ma chère sœur, et vous ?

JULIA.

Très-bien aussi. Mais dites-moi, je vous prie, d'où vient que vous soyez à cette heure en ces lieux paré déjà de vos plus beaux habits ?

SILVIUS.

Comment ! chère sœur ; mais vous oubliez donc que c'est aujourd'hui un jour très-solennel pour la ville de Lyon, et que le gouverneur nous a promis pendant plusieurs jours des fêtes magnifiques, dont l'éclat sera relevé par un superbe spectacle, des jeux brillants et variés ? Déjà les portes et les gradins de notre vaste amphithéâtre doivent être envahis par un peuple immense, avide d'émotions et de scènes nouvelles, et, comme son espérance ne sera pas déçue, il va jouir d'un bonheur infini. Oui, car nous avons reçu, m'a-t-on dit, depuis quelques jours seulement, une ménagerie complète, dans laquelle figurent en première ligne un lion, un tigre et une penthère d'une taille gigantesque, d'une beauté incomparable, d'une force prodigieuse et surtout d'une férocité parfaitement en harmonie avec les vastes poitrines de ces monstres aux entrailles d'airain. Je vous laisse à penser quelle doit être la gentillesse et la douceur de ces timides colombes. Mais ce que vous ne savez pas, ce que je vais vous apprendre et que je tiens de bonne source, c'est que parmi les gladiateurs qui doivent mesurer leur adresse, leur force et leur courage avec ces redoutables adversaires, doivent figurer, et pour la première fois dans les Gaules, des hommes, peut-être même des femmes, peu excercés au rôle de gladiateur; je souhaite qu'il soit fort amusant pour eux. Mais comment croyez-vous que ces pauvres idiots se préparent à soutenir la lutte? Vous ne sauriez vous l'imaginer. Eh bien! c'est par un jeûne de plusieurs jours, si on leur en donnait le temps, qu'ils veulent fortifier leur courage. Je dois avouer, par exemple, que cela ne se passe pas ainsi chez leurs adversaires, et que ce n'est, au contraire, que par de somptueux repas répétés plusieurs fois par jour, par l'essai de leur adresse sur les jambes et les bras de leurs gardiens qu'ils attendent l'heure du combat. Je crois vraiment que la bêtise est bien du côté des hommes et l'intelligence du côté des bêtes. Mais d'ailleurs ceci ne doit pas nous surprendre, car après tout, les uns sont les rois du désert, tandis que les autres ne sont que des esclaves, moins que cela, si c'était possible, car ce sont des chrétiens.

JULIA, *avec vivacité.*

Des chrétiens!

SILVIUS.

Oui, des chrétiens! cette excentricité ne vous étonne plus, n'est ce pas?

JULIA, *cachant son émotion.*

Eh bien! ces chrétiens.....

SILVIUS.

Ces chrétiens vont ici, comme à Rome, servir de spectacle pour le peuple, de passe-temps pour les magistrats, de sujet d'observations pour les savants et enfin d'amusement pour tous. Oui, des recherches ont déjà été faites ce matin de la part du gouverneur et au nom de l'empereur le pieux Marc-Aurèle, et quelques-uns de ces tristes illuminés attendent, les fers aux mains et au fond de noirs cachots, l'heure où il leur faudra offrir de l'encens à nos dieux immortels ou bien leurs poitrines aux griffes des panthères et aux dents des léopards.

JULIA.

Êtes-vous bien sûr de ce que vous me dites?

SILVIUS.

Oui, bien sûr; mais tout en causant, j'oubliais que ma visite n'a d'autre but que de vous annoncer que ce vieillard qui vient quelquefois vous voir et que l'on appelle Pothin est en ces lieux. Oh! quant à celui-là, quoique je ne puisse pas douter qu'il ne soit lui aussi chrétien, je m'inquiète fort peu sur son compte; car la vie est trop enracinée chez lui pour croire qu'il veuille la perdre par excès de folie ou de vanité.

JULIA, *s'avançant vers son frère.*

Mais où donc est ce bon vieillard?

SILVIUS.

Bon! bon! c'est vous qui le dites bon, ma sœur, parce que vous êtes trop bonne; moi, je dis : vieillard têtu, grondeur........

JULIA.

Oh! mon frère, respectez au moins ses cheveux blancs!

SILVIUS.

C'est bien ce que je fais, ma sœur; vraiment je le respecte. Mais lui, ce vieillard, respecte-t-il mes moustaches noires? Quoiqu'il soit à mon égard doux et poli, il ne laisse pas de me morigéner toutes les fois qu'il en trouve l'occasion, et de me tancer vertement sur mes enfantillages que, dans son langage mystérieux, il se plaît toujours à appeler des crimes impardonnables. Au reste, il est dans notre salle basse, et désire, m'a-t-il dit, vous parler ainsi qu'à Blandine.

JULIA.

Oh! pourquoi le laisser seul? Je vais moi-même le recevoir; car vous savez que j'ai toujours de la vénération pour les vieillards, quelle que soit leur condition et quel que soit leur caractère.

SILVIUS.

Allez, ma sœur; mais prenez garde, ne prolongez pas trop votre conversation, et n'allez pas faire comme Pandore: ne cherchez pas à savoir ce qu'il y a dans ce vieux crâne; ne discutez pas avec cette intelligence enrouée sans nul doute, mais cultivée, mais grande, incontestablement grande; car il pourrait bien sortir de tout cela des maux fâcheux et pour vous et pour moi.

JULIA, *en sortant*.

Au revoir!

SCÈNE III.

SILVIUS, BLANDINE.

BLANDINE, *en allant vers Silvius.*

Seigneur, puis-je me retirer aussi?

SILVIUS.

Oh! non; je veux, au contraire, que tu restes; car j'ai quelque chose à te dire, et je veux te faire une communication importante. Je sais, vois-tu, que tu es aussi chrétienne; mais va, ne crains rien, le procurateur se gardera bien de venir te chercher jusqu'en ces lieux; d'ailleurs, je suis le seul païen qui connaisse ton secret, et tu peux croire que je ne le dévoilerai jamais. Je vais même te donner une preuve de l'amitié que je te porte. J'ai su que vous autres chrétiens vous aviez, dans vos lieux de réunion, des autels, et que les jours de solennité vous ne manquiez pas de les garnir de fleurs suaves et gracieuses, ainsi que de précieuses tentures. *(Il appelle, et un esclave apporte une écharpe.)* Tiens, regarde; comment trouves-tu ce voile diaphane?

BLANDINE, *en examinant le voile.*

Le tissu en est fin et délicat, le dessin de la broderie est d'un goût exquis, le travail achevé; cette œuvre, en un mot, est digne d'un noble patricien tel que vous, Seigneur!

SILVIUS, *reprenant le voile.*

Tu serais donc bien heureuse de posséder un tel trésor et de l'offrir.....

BLANDINE.

En votre nom?

SILVIUS.

Non, tu sais bien que moi ni les miens nous ne sommes chrétiens; et, en vérité, le moment serait mal choisi pour le devenir! mais ce voile t'appartiendra bientôt, et alors tu pourras en disposer comme tu l'entendras. Ce soir, à la faveur de la nuit, lorsque Diane la chasseresse éclairera de son flambeau pâle et mystérieux les paisibles mortels, viens chez moi, dans ma demeure particulière, chercher ce merveilleux tissu et je te le donnerai.

BLANDINE.

Est-ce un ordre, Seigneur, que vous donnez à votre esclave?

SILVIUS.

Non, c'est une invitation que je fais à la plus douce et à la plus jolie de toutes les femmes.

BLANDINE.

Seigneur, je ne puis!

SILVIUS, *lui offrant une bourse.*

Tiens, voilà d'abord; prends cette bourse passablement garnie, que je te donne et qui fait partie de mon cadeau; tu peux en distribuer le contenu à tous ceux de tes frères qui, moins heureux que toi, sont en proie aux angoisses de la faim.

BLANDINE, *refusant la bourse.*

Pardonnez, Seigneur, je ne puis!

SILVIUS *surpris.*

Qu'est-ce donc? Tu refuses, je crois! Mais non, Blandine, tu ne m'as pas entendu, ou bien tu ne m'as pas compris.

BLANDINE.

Seigneur, je vous entends fort bien, et je ne vous comprends que trop; mais je ne puis!

SILVIUS.

Prends garde, Blandine, et n'oublie pas que si je me plais en ce moment à descendre jusqu'à toi et à faire un hommage à ton obéissance à cause de ta beauté, je puis aussi, par un retour subit et au nom de la raison et de la justice, punir sévèrement la plus petite opposition à l'accomplissement de mes désirs et te faire payer cher ta pruderie fort mal placée. Mais non, non! allons, soyons bons amis, et ce soir ensemble nous oublierons, moi, ma colère, et toi, ta mauvaise humeur.

BLANDINE.

Oh! Seigneur, non, vous ne pouvez exiger de moi des choses incompatibles avec mes devoirs; car les chrétiens, vous le savez bien, ont des lois et des mœurs toutes différentes de celles des idolâtres, et il ne m'est pas permis....

SILVIUS.

A la vérité, de t'élever jusqu'à moi, je ne l'ignore pas, soit; mais il me plaît de descendre jusqu'à toi.

BLANDINE.

Merci! oh! mille fois merci de vos faveurs et de vos bontés! mais je ne puis......

SILVIUS.

C'en est trop, esclave imprudente! et puisque mes paroles bienveillantes et mes humbles sollicitations ne peuvent rien sur toi, je t'ordonne de m'obéir.

BLANDINE.

Votre esclave saura mourir à vos pieds, mais elle ne cédera jamais à vos désirs pour vivre.....

SILVIUS.

Sur mon cœur, n'est-ce pas? Eh bien! nous verrons! Oh! je saurai bien te contraindre..... Mais silence! fâcheux contre-temps! cruelle déception! j'entends ce maudit vieillard qui vient détruire mon bonheur! Mais nous nous reverrons dans quelques instants, et alors prends garde! *(Silvius va s'asseoir auprès de la table à laquelle sa sœur était assise et effeuille des fleurs.)*

SCÈNE IV.

LES MÊMES, POTHIN.

POTHIN.

Que le Dieu créateur du ciel et de la terre bénisse le noble patricien et l'humble esclave, car l'un et l'autre sont ses propres enfants, et que la paix habite parmi eux! *(Il s'avance vers Silvius, qui ne le regarde pas, mais qui s'amuse toujours à effeuiller des fleurs.)* Seigneur, me permettez-vous de dire quelques mots à Blandine de la part de sa maîtresse?

SILVIUS.

Oui, oui, faites!

POTHIN, *parlant bas à Blandine.*

L'abjuration de ta maîtresse est encore renvoyée, mon enfant; mais cette fois-ci c'est Dieu qui le veut. Cependant, va prendre les ordres qu'il lui plaira de te donner, puis viens le plus tôt possible dans notre temple vénéré pour chanter l'office du soir et écouter les communications importantes que j'ai à te faire.

BLANDINE.

Mon père, je sais tout; mais, je vous en supplie, priez, oh! priez, priez pour moi, priez beaucoup, non pour détourner les persécutions qui s'approchent, mais pour que le Dieu de miséricorde me conserve toujours digne de mon titre de chrétienne, et que je sois à ses yeux toujours pure, chaste et modeste.

POTHIN.

Je le ferai, ma fille; mais, de ton côté, quoi qu'il puisse t'arriver, ne doute jamais de la puissance ni de l'amour de ton Dieu pour toi et pour tous les siens.

BLANDINE, *allant vers Silvius.*

Seigneur, me permettez-vous de me rendre aux ordres de ma maîtresse?

SILVIUS, *bas et la regardant fixement.*

Va, mais prends garde! silence! et obéis!

POTHIN, *en déposant un baiser sur le front de Blandine.*

Adieu, ma fille! à bientôt!

BLANDINE, *tout bas.*

Priez, priez beaucoup pour moi. *(Elle sort.)*

SCÈNE V.

SILVIUS, POTHIN.

SILVIUS, *s'adressant à Pothin.*

Il est donc vrai que notre empereur, le pieux Marc-Aurèle, veut en finir avec ces hommes qu'on appelle *les disciples du crucifié*, et que, dans sa vigilance et son amour pour la justice, il veut frapper jusqu'en ces lieux les ennemis de l'ordre établi, de la patrie, notre mère à tous, et de nos dieux vénérés; en un mot, avec ces iniques et adultères perturbateurs que l'on appelle *chrétiens*.

POTHIN.

Il est vrai, Seigneur, que l'empereur veut poursuivre les chrétiens et détruire l'œuvre du Christ. Pour ce qui est des injures qu'il vous plaît de prononcer et de débiter contre ces hommes de paix et de bonne volonté, vous savez bien qu'ils ne les méritent pas.

SILVIUS.

Seriez-vous chrétien, vous aussi, par hasard ?

POTHIN.

Vous saviez bien, Seigneur, que je le suis.

SILVIUS.

Je le craignais ; mais, quoi qu'il en soit, ne m'en veuillez pas si j'ai prononcé quelques paroles blessantes qui peuvent indirectement vous atteindre, et qui ne sont d'ailleurs que la voix de tout un peuple.

POTHIN.

Il y a, Seigneur, dans vos dernières paroles, quelque chose de vrai ; mais ce peuple n'est lui-même que l'écho de la voix de quelques hommes obscurs ou puissants, savants peut-être, mais vindicatifs, passionnés, et qui ne cachent très-souvent, sous leurs titres pompeux et vénérés de sages et de philosophes, qu'un esprit étroit, un cœur endurci au mal et presque toujours un orgueil effréné, cause de nos maux, de leur aveuglement, et source indirecte de leur injustice et de leur cruauté. Ces hommes, impuissants par eux-mêmes, se cachent dans l'ombre, et cependant font mouvoir cette machine vivante et si terrible que l'on appelle *le peuple*. Mais laissez-le, ce peuple, agir d'après ses propres inspirations, ne pervertissez pas, par des conseils perfides, son jugement naturellement droit, ne le précipitez pas sur cette pente rapide qui le conduit fatalement à l'erreur, au mal, et vers laquelle ne l'entraînent que trop les préjugés dont on l'a de tout temps nourri, ces désirs de bonheur et de jouissances honteuses que recherche avec avidité son cœur désordonné ; cultivez, au contraire, par une éducation sinon brillante, du moins saine et solide, ces notions du vrai, du beau, du bien, dont le Créateur a déposé le germe en chaque homme, et qui forment le patrimoine de tous les peuples, et alors ce peuple, ce peuple de qui vous excitez imprudemment les passions les plus basses et les plus viles, ce peuple que vous méprisez quoiqu'il vous honore, et que j'aime et que je respecte, moi, quoiqu'il me méprise et m'outrage ; oui, la voix de ce peuple qui, semblable aux flots tumultueux du vaste Océan, crie et gronde à travers les siècles, deviendra et sera appelée un jour, et avec juste raison, *la grande voix de Dieu.* Oui, Seigneur Silvius, ne vous y trompez pas, ce peuple, qui aujourd'hui nous calomnie, nous outrage et bat des mains lorsque les empereurs nous font mourir, n'agit après tout que d'après les ordres du Tout-Puissant. Les peuples, à la vérité, s'agitent beaucoup, se meuvent sans cesse ; mais c'est Dieu qui les dirige, et ils ne marchent à leur insu et malgré ces apparences rétrogrades que pour atteindre le but qui a été marqué de toute éternité par la divine Providence. Il faut du sang aujourd'hui, beaucoup de sang pour laver les souillures que vingt siècles d'erreur, de mensonge et de corruption ont répandues dans toutes les classes de la société et sur toutes les races d'hommes ; il faut du sang pour faire germer, croître et prospérer cette plante mystérieuse, qui doit étendre ses rameaux vivaces jusqu'aux extrémités de la terre, et offrir, dans tous les siècles à venir et à tous les peuples qui surgiront, ces fleurs précieuses et ces fruits succulents qui portent en eux les germes de la vie éternelle et le principe indestructible de l'immortalité ; il faut du sang pour cimenter ce monument gigantesque que le Christ est venu édifier parmi nous, et sous lequel des peuples accourus de tous les points de l'univers trouveront la foi, l'espérance et l'amour ; il faut enfin des hommes qui veuillent répandre leur sang pour prouver les faits qui se sont accomplis sous leurs yeux, afin que, dans les siècles à venir, le témoignage de ces hommes, qui se font égorger ainsi pour la vérité, ne puisse pas être révoqué en doute ni qualifié d'imposture. Vous le voyez, Seigneur, il faut beaucoup de sang, et c'est au peuple, au plus grand peuple du monde qu'a été dévolue la tâche, criminelle sans doute, mais indispensable, de le faire couler et couler par torrents.

SILVIUS.

Et vous, dans votre exaltation, vous voulez offrir aussi votre sang?.....

POTHIN.

Mon sang et ma vie sont à Dieu, et s'il plaît à la justice divine que je les offre en holocauste expiatoire, sur l'autel de la patrie, pour le bonheur de mes frères, la défense de la vérité et la gloire de mon Sauveur, je suis prêt à en faire le sacrifice.

SILVIUS.

Étrange folie! Vous êtes donc, vous autres chrétiens, bien désireux des souffrances et bien las de la vie, pour accepter les tortures avec tant de gaieté de cœur, et ne voir dans la mort qu'un bienfait de votre Dieu.

POTHIN.

Hélas! les souffrances sont si contraires à notre nature humaine, et la mort a quelque chose de si mystérieux pour tous les hommes, que le chrétien, de même que l'idolâtre, ne peut en ressentir les approches qu'avec crainte et tremblement; et, croyez-le bien, Seigneur, le chrétien, pas plus que l'idolâtre, ne peut accepter la mort uniquement dans le but d'en finir avec la vie; mais comme il ne lui sera bientôt plus permis de vivre, à moins de renier sa foi, c'est un devoir pour lui d'accepter les souffrances et de se résigner à mourir. Mais, Seigneur, permettez que je me retire; car j'entends la trompette guerrière qui m'annonce l'heure du combat, et, comme vous le savez fort bien, lorsque le soldat est sur le champ d'honneur et aux prises avec un ennemi puissant et redoutable, la place d'un bon capitaine est d'être à la tête de sa vaillante légion.

SILVIUS.

Allez, Pothin, allez, et croyez que si je ne puis approuver votre raisonnement, que je trouve faux, absurde, je n'en respecte pas moins vos convictions fermes, surtout votre courage intrépide, et je regrette bien vivement que vous dépensiez une si noble énergie pour une cause qui me paraît si peu digne de posséder de pareils défenseurs. (*Pothin sort.*)

SCÈNE VI.

SILVIUS *seul.*

En vérité, ces chrétiens sont fort étranges! Serait-il possible que le mensonge, la fourberie ou l'erreur se cachassent sous des dehors si nobles et si loyaux? Serait-il possible que ces hommes, si fermes dans leur conviction et en apparence si innocents, fussent coupables des crimes dont on veut bien les charger, et qu'ils se fissent égorger pour le plaisir de propager l'erreur? Non, oh! non. Cependant, s'ils disaient vrai..... Si, en effet..... Mais, bah! que m'importe, après tout, que ce soit Jupiter, du haut de l'Olympe, ou Jéhova, du mont de Sinaï, qui dirige la foudre et fasse trembler la terre; que ce soit le Christ ou Socrate, Aristote ou Platon qui règnent sur les intelligences? Ce que je veux, moi, c'est le plaisir et la gloire, et le choix que je dois faire n'est qu'entre les conseils du prudent Épicure et les exemples du joyeux Horace. Eh bien! demain, en acceptant l'invitation qu'on vient de me faire d'assister à un diner d'ami, je suivrai les leçons de mon galant maître Horace. Oui je chanterai, je boirai, je rirai. Quant à ce soir, oh! ce soir, à moi le vrai plaisir, et à moi le bonheur! Oui, Blandine, dans quelques instants, je pourrai enfin te dire ce secret que j'ai gardé jusqu'à ce jour dans le fond de mon cœur. Oh! femme, je t'aime, et ton amour seul peut faire de moi un mortel heureux! Mais, que dis-je? Blandine a refusé mon offrande, car Blandine est chrétienne, et ces chrétiens, au nom de je ne sais de quel principe, croient posséder légitimement le droit de se dire presque nos égaux et de nous résister. Mais, bah! qu'importe le principe ou le droit? Le vainqueur de la Salienne prudente et de la farouche Druidesse saura bien conquérir le cœur ou briser la volonté d'une fille du Christ.

Oui, Blandine, tu m'appartiens, et mes hommages, mes menaces, ma puissance sauront bien triompher de ta fermeté et de ta vertu..... Oh! que la nuit qui doit seconder mes projets se fait désirer! *(Il approche de la fenêtre et regarde.)* Une heure encore, une heure de soleil et de jour, encore une heure de tourments..... Que vois-je? une femme franchit le seuil de ce palais silencieux. C'est elle! mais oui! c'est Blandine, Blandine qui, vêtue de sa simple tunique, se dirige lentement vers un lieu inconnu. Où va-t-elle? Où peut-elle aller? Je ne sais. Mais l'heure du rendez-vous approche; il faut absolument que je lui parle. Oh! femme, femme tu ne saurais m'échapper! Non! oh non! Partout où tu iras, je te suivrai, dussé-je descendre avec toi dans les plus profondes demeures du sombre empire de Pluton.

(Il sort, la toile tombe.)

FIN DU PREMIER TABLEAU.

DEUXIÈME TABLEAU.

Intérieur d'un temple chrétien. A quelques mètres de la rampe, deux grands rideaux fermés séparent cette première partie du temple qu'on appelle *parvis* du temple lui-même. A droite et à gauche, portes; quelques tabourets sont placés çà et là. Au lever du rideau, Blandine entre en scène, et va déposer sa mante sur le tabouret placé en face de la porte par où elle est entrée. La nuit arrive lentement.

—

SCÈNE I.

BLANDINE *seule.*

Enfin, me voici arrivée au milieu de mes frères bien aimés! Quel était donc cet homme que je n'ai pu reconnaître, grâce à un ample manteau dont il était revêtu, mais qui semblait me poursuivre? Si c'était..... Oh non! le noble Silvius ne pense déjà plus à moi, et d'ailleurs......... Mais d'où vient qu'à l'approche de cet homme, que je ne connais pas sans doute, mon cœur a palpité de crainte, oui de crainte, ou peut-être d'amour? Mais non, non, ô mon Dieu! vous ne le voulez pas; car ma condition d'esclave ne me permettra jamais d'aspirer au rang d'épouse, et mon titre de chrétienne me fait un devoir de refuser les hommages de mon maître Silvius. Oui! Oh! oui! chassons bien loin cette pensée flatteuse pour la vanité, mais indigne d'une fille du Christ. Affreuse alternative que celle où je me trouve! Ici, peut-être demain, les tortures et la mort; là-bas, ce soir, le plaisir, la gloire et le bonheur; mais là-bas, dans quelques jours, Satan et l'enfer; ici, Jésus et le Ciel! Oh! je dois fermement résister, je le veux, je résisterai; mais mon Dieu! mon Dieu! protégez-moi!

SCÈNE II.

SILVIUS, BLANDINE.

(Silvius, qui est entré par la même porte que Blandine, s'avance.)

SILVIUS, *appelant.*

Blandine?

BLANDINE *se retourne et apercevant Silvius.*

O ciel! vous ici, Seigneur?

SILVIUS.

Oui, belle et bonne Blandine, car l'heure du rendez-vous approche : déjà le brillant Apollon précipite son char enflammé sur la plaine liquide du vaste Océan, et Vénus, la belle Vénus, Vénus, la protectrice des amants, la mère de l'amour, monte à l'horizon et va bientôt briller de tout son éclat sur la voûte azurée d'un ciel calme et pur aujourd'hui. Je viens donc, avant de me retirer au fond de ma retraite paisible, obtenir de toi une promesse formelle... .

BLANDINE.

O Seigneur! Seigneur, par respect pour vous et par pitie pour moi, cessez vos poursuites; chassez bien loin de votre cœur et bannissez de votre pensée un projet qui ne pourra jamais se réaliser!

SILVIUS.

Encore et toujours le même langage! il est temps cependant que tout ceci finisse! Blandine, vois-tu? n'enflamme pas ma colère; car, je te le dis, les effets en seraient terribles! Soit par obéissance à mes volontés, soit par piété pour toi, cède à mes ardents désirs.

BLANDINE.

Je ne puis, non! Je ne puis, car les devoirs que m'imposent l'honneur et la vertu me forcent, pour la première fois seulement, à ne pas vous obéir.

SILVIUS.

L'honneur et la vertu! Oh! ce sont bien là les mots pompeux, mais vides de sens ou incompris que quelques femmes et vous autres chrétiennes surtout, dit-on, laissez sans cesse tomber de vos lèvres, et que vous placez en tête d'un refus, toutes les fois que l'on exige de vous une chose contraire à vos intérêts ou qui blesse vos préjugés et vos espérances! Sais-tu, au reste, ce que c'est que l'honneur? L'honneur, l'homme doit, par la valeur de son épée, le conquérir sur le champ de bataille, en face d'un ennemi puissant et redoutable; la femme ne doit le chercher que dans l'accomplissement de ses devoirs domestiques, et en obéissant à l'homme, l'homme son maitre et son seigneur.

BLANDINE.

Tout ce qui est contraire à l'intérêt général du genre humain, tout ce qui tend à avilir, à dégrader l'homme et le force à descendre jusqu'à la condition de la brute : voilà ce qui forfait à l'honneur ! Tout ce qui n'est pas grand, noble et généreux, toutes les passions basses et avilissantes qui abrutissent l'intelligence et corrompent le cœur : voilà ce qui est contraire à la vertu ! Allez, Seigneur, allez maintenant, à la tête de vos légions, cueillir des lauriers glorieux ! Pour moi, je défends ici, par l'ordre du Dieu vivant et par respect pour la dignité humaine, la blancheur et l'éclat de ma robe *virginale !*

SILVIUS.

Mais à quoi peut donc vous servir, à vous autres femmes, cette mâle vertu qui va te faire punir sévèrement, qui sera pour moi une source intarissable de douleurs et pour toi un sujet de regrets amers ?

BLANDINE.

Après avoir cueilli la fleur perdue dans la foule de ces humbles enfants du printemps ; cette fleur à qui le Créateur n'avait donné pour tout bien qu'un peu d'éclat ; cette fleur modeste qui vivait ignorée au fond de la vallée et qui ne se faisait distinguer que par la fraîcheur et la pureté de sa blanche couronne, qu'en faites-vous, Seigneur ! qu'en faites-vous ? Vous la froissez quelques instants dans vos mains ; puis, lorsqu'elle est flétrie, hélas!....... vous la rejetez loin de vous.

SILVIUS.

Mais ne puis-je pas une fois et mille fois encore presser dans mes bras ce précieux trésor avec lequel je trouve le bonheur et la vie ?

BLANDINE.

D'ailleurs, si jamais ce trésor vous appartenait, ce cœur serait tout à vous, il viendrait de lui-même implorer vos faveurs; et, sur votre refus, il irait chercher avec d'autres ce bonheur que vous aviez promis de lui donner, et que par mépris vous lui auriez bientôt refusé. Oui! car il faudrait bien répandre un peu de fraîcheur sur ce pauvre cœur, où vous auriez éveillé cette soif de jouissances frivoles et trompeuses, qui n'y sommeille que sous la garde des anges du Ciel. Voyez-vous, Seigneur? Ces anges s'enfuient lorsque notre imprudence ou notre dédain les chassent de nos cœurs, ces anges, qu'on appelle l'innocence de la jeune fille, la candeur de la vierge et la pudeur de la femme.

SILVIUS.

Eh bien! qu'est-ce après tout?

BLANDINE.

Eh quoi! Seigneur, vous faites de la vierge candide et quelquefois de l'épouse chaste et vertueuse, et cela pour un seul moment de faiblesse, une courtisanne sans pudeur, et vous me demandez ensuite à quoi peut servir la vertu!

SILVIUS.

Accorde donc à ton amant seulement aujourd'hui la grâce qu'il te demande en suppliant, et puis conserve pour toi seule le souvenir de cette heure de bonheur, de gloire et d'amour.......

BLANDINE.

Le souvenir d'une heure passée rapidement dans les joies et les illusions de ce monde trompeur, mais suivie de longs jours de regrets et de deuil! En vérité, les hommes vous êtes bien étranges! Vous venez à nous, à nous pauvres femmes, au nom de votre amour, faire briller à nos yeux éblouis vos fleurs, vos encens et votre or; mais tandis que d'une main parfumée vous déposez à nos pieds vos hommages et vos trésors; de l'autre, vous tracez silencieusement, en caractères ineffaçables et avec un poinçon brûlant et acéré, la honte sur notre front et le remords dans notre cœur. En vérité, Seigneur, vous exigez trop peu de nous; mais vous nous donnez aussi beaucoup trop.

SILVIUS.

Et que m'importe après tout ta honte ou tes remords? Femme, tu m'appartiens; esclave, tu n'as qu'à m'obéir, et je veux!......

BLANDINE.

Et que me font à moi, Seigneur, vos promesses ou vos menaces, vos offrandes ou vos châtiments? Ne suis-je pas chrétienne? Celle qui se rit des foudres vengeresses de vos dieux, selon vous tout-puissants; celle qui ne redoute pas les fureurs de vos légions infernales, peut bien braver la colère d'un maître injuste, prévaricateur, et qui n'est après tout qu'un mortel!

SILVIUS, *en tirant son poignard.*

C'en est trop! ce poignard va punir ton audace.

BLANDINE, *avec exaltation.*

Mon corps vous appartient; mais mon cœur, mais mon âme sont à Dieu.

SILVIUS, *le poignard levé sur Blandine.*

Tremble! tu vas mourir! *(Blandine est à genoux; tout à coup on entend des chants harmonieux, les hymnes sacrés retentissent derrière le rideau.)*

SILVIUS, *surpris et comme effrayé.*

Qu'entends-je? Quels sont ces chants? Descendent-ils du Ciel? sortent-ils des enfers?..... Réponds!

BLANDINE, *humblement.*

Ce sont des chants pieux.

SILVIUS, *avec terreur.*

Où suis-je donc? Femme, où m'as-tu conduit?

BLANDINE, *avec exaltation et en se relevant.*

Dans le parvis sacré d'un temple des chrétiens.

SILVIUS, *terrifié.*

Malédiction! Malheur!

(Blandine reste calme, les yeux levés vers le ciel. Silvius, le front dans les deux mains, demeure pensif, absorbé dans sa douleur et dans le projet qu'il médite. Pendant ce temps, des hommes et des femmes entrent par les deux portes, et à peu près en même temps les rideaux s'entrouvent pour leur donner passage. On aperçoit alors l'intérieur du temple; hommes à gauche, femmes à droite, tous à genoux autour de l'autel. Sur cet autel s'élève une grande croix, autour de cette croix sont placés des vases de fleurs et des flambeaux allumés; aux pieds de cet autel on remarque un prêtre qui fait des encensements; la nuit est presque noire, les chants redoublent. Les rideaux se referment après l'entrée de nouveaux fidèles. Les chants cessent, tout rentre dans le silence. Blandine attend silencieuse. Silvius, sortant de son immobilité, se dit en lui-même :)

Eh bien! oui; puisqu'il le faut, je le ferai; malheur aux chrétiens! *(En s'adressant à Blandine.)* Malheur! malheur! mais, femme, malheur à toi! et à cause de toi, malheur à tous les tiens! Dans quelques instants, je reviendrai en ces lieux pour punir ton audace et me venger de tes mépris. *(Il sort.)*

BLANDINE, *comprenant les suites de la colère de Silvius et en proie à une grande agitation.*

Hélas! hélas! qu'ai-je fait? ô mon Dieu! mon Dieu!

SCÈNE III.

BLANDINE, POTHIN.

POTHIN.

Que fais-tu, mon enfant, seule ici?

BLANDINE, *se précipitant dans ses bras.*

O mon père! mon bon père! Merci, mon Dieu! merci!

POTHIN, *avec effroi.*

Qu'as-tu, ma fille? Pourquoi trembler ainsi? quelle est la cause de cette pâleur mortelle répandue sur tes traits abattus? Oh! dis-moi d'où te vient cette terreur que je ne puis m'expliquer? que t'est-il arrivé? que crains-tu? parle.

BLANDINE, *en suffoquant.*

Je ne puis..... Mais pitié; car je suis bien malheureuse!

POTHIN.

Allons, Blandine, du calme, mon enfant! allons, voyons!

BLANDINE.

Hélas! pardonnez-moi, pitié!

POTHIN.

Mais enfin, qu'as-tu fait? As-tu, cédant à la violence dans un moment de faiblesse ou de vertige, offert aux idoles un hommage qui n'est dû qu'à Dieu seul? Es-tu victime de la calomnie ou criminelle aux yeux de celui qui sonde les cœurs et les reins?

BLANDINE, *avec dignité et se redressant.*

Oh! mon père.

POTHIN, *avec douceur.*

Non! non! je sais bien que non, moi; car je connais la force de ta volonté et la prudence de ton cœur. Mais enfin, au nom du Ciel! explique-toi, car ton silence et ta douleur sont pour moi un supplice.

BLANDINE.

Silvius, mon maître, le noble Silvius sort à l'instant d'ici.

POTHIN, *soucieux.*

Silvius en ces lieux! eh bien!

BLANDINE.

Après avoir encouru sa disgrâce et excité sa colère, j'ai bravé sa fureur; la mort sera le prix de ma témérité.

POTHIN *en lui-même et après avoir jeté quelques regards pénétrants sur Blandine.*

La mort sera le prix de sa témérité. *(S'adressant à Blandine.)* Eh bien! ma fille, du calme, de la soumission, et puis que Dieu fasse de nous tout ce qu'il lui plaira; acceptons de sa main paternelle et avec résignation les souffrances qu'il veut bien nous envoyer, la mort même, s'il le faut, comme une épreuve, comme une purification, et peut-être même comme une prévoyance de son amour infini pour le salut de notre âme.

BLANDINE.

Oh! mon père, les souffrances, je les désire de toute l'ardeur de mon cœur, et la mort sera pour moi un bienfait précieux; mais c'est sur votre sort, sur le sort de tous vos enfants, mes frères, que je me lamente, et que, brisée de douleur, je verserai sans cesse des larmes.

POTHIN.

Explique-toi, car je ne comprends rien à tes paroles.

BLANDINE.

Dans quelques instants Silvius reviendra en ces lieux, mais à la tête de tout un peuple, d'un peuple avide de sang et ivre d'orgueil, d'un peuple guidé par la vengeance et suivi de la mort; ce peuple, après avoir profané ce temple vénéré, vous traînera jusque sur les degrés glissants d'un sanglant amphithéâtre. Oui, aujourd'hui, ce soir, les tortures et demain la mort! Et ce sera moi, moi! qui vous aurai tous perdus par ma faute. *(Blandine est aux genoux de Pothin.)*

POTHIN.

O fille du Christ! tais-toi; oui, tais-toi!.... Ne va pas, dans l'excès de ta douleur, ternir par une parole imprudente l'éclat de l'acte généreux et héroïque que tu viens d'accomplir! Ne sais-tu pas que ce que tu appelles une faute est, au contraire, une noble action, une action digne de la gloire éternelle, quelles qu'en soient les suites? O noble sœur des anges! relève-toi; redresse ton front victorieux vers le ciel, et bénis le Seigneur de ton courage et de ta vertu. Tu croyais donc, ma fille, que je n'avais pas compris aux palpitations de ton cœur, au silence éloquent de tes yeux timidement baissés vers la terre, à tes lèvres enflammées, la cause des fureurs du noble Silvius. Ah ! relève-toi, chaste épouse du Christ (*Blandine se relève*); bénissons ensemble la bonté divine et chantons ses louanges, car si la créature est bien faible et bien chétive, Dieu est bien grand dans ses saints..... Mais puisqu'il y a pour nous tous un danger imminent, ne perdons pas un temps qui peut nous être très-précieux; du calme! de la prudence! mais usons de promptitude, agissons, et Dieu nous conduira! (*Pothin s'avance vers le rideau et frappe trois fois dans ses mains; à ce signal, le diacre Sancte entre en scène.*)

SCÈNE IV.

POTHIN, BLANDINE, SANCTE.

POTHIN *à Sancte.*

Gloire à Dieu, mon fils! gloire à Dieu! Chantons déjà tous ensemble l'hymne de la victoire, car l'heure du combat est enfin arrivée. Oui, des yeux profanes ont pénétré en ces lieux secrets et inconnus jusqu'à ce jour par les ennemis du Christ. Dans quelques instants, par l'ordre du gouverneur de la cité et au nom de l'empereur, nous serons arrachés de cette paisible retraite et conduits en face d'un juge orgueilleux et méchant. Va, mon fils; dépouille nos autels de leurs tentures modestes; remets en des mains sûres et discrètes nos vases sacrés et nos ornements les plus précieux; fais retirer les femmes, les enfants, les vieillards; tous ceux, enfin, qui pourront plus tard continuer l'œuvre du Christ, mais qui ne seraient en ce moment pour nous qu'un fardeau inutile et peut-être nuisible à nos projets; puis, reviens me trouver, accompagné de tes soldats les plus ardents et les plus dévoués! Va, mon fils, hâte-toi! Mais, du calme, du silence et confiance en Dieu!

SANCTE.

Gloire à Dieu! Gloire à Dieu! *(Sancte pénètre dans l'intérieur du temple; Blandine est à droite de la scène, Pothin à gauche. Entrée de Pontique.)*

SCÈNE V.

POTHIN, BLANDINE, PONTIQUE.

PONTIQUE (*allant vers Blandine*).

Oh! ma sœur! *(Apercevant Pothin, il quitte Blandine et va vers celui-ci.)* Et vous, mon bon père, n'est-il pas vrai que je puis, moi aussi, rester avec vous et mourir également pour mon Dieu et pour le témoignage de la vérité? Eh bien! Sancte veut me chasser. Tu es trop jeune, dit-il. Il veut à toutes forces, et sans autres raisons, que je suive ces chrétiens faibles, timides et pusillanimes qui fuient ces lieux parce qu'ils craignent et rougissent de confesser hautement la foi devant le juge et le peuple de Lyon. Cependant, mon père, vous l'avez bien dit; oui, vous nous avez dit que le Christ avait promis de recevoir dans le ciel, en présence des anges et devant Dieu son père, ceux qui auraient le courage de le confesser devant les hommes; mais aussi qu'il chasserait de sa présence tous ceux qui l'auraient méconnu, renié sur la terre. Eh bien! moi qui veux avoir ma part à l'héritage et à la gloire qui doit faire votre bonheur, je dois aussi, ce me semble, partager vos souffrances et vos humiliations.

POTHIN.

Tu es bien jeune, en effet, mon enfant. Cependant, si tu le veux absolument, je te permets de rester.

PONTIQUE.

Oh! merci! merci! mon bon père.

POTHIN.

Mais, avant tout, il faut me promettre sincèrement de résister à tout.

PONTIQUE.

Je le promets et je ne faillirai point à ma parole......

POTHIN.

Et de mourir, s'il le faut, sans murmure et sans donner le moindre signe de faiblesse.

PONTIQUE.

Je le jure!

POTHIN.

Eh bien! reste maintenant, et que Dieu accepte ton sacrifice, qu'il bénisse tes saintes résolutions, et que sa puissance supplée à ce qu'il peut te manquer encore de force dans le caractère et de fermeté dans la volonté.

SCÈNE VI.

LES MÊMES, SANCTE.

SANCTE.

Père, vos ordres sont fidèlement exécutés, et voici les quelques fidèles dévoués qui veulent mourir avec nous, et sur lesquels nous pouvons compter. *(Les rideaux sont complétement tirés ; on voit à découvert tout l'intérieur du temple. Entrent en scène des hommes et des femmes qui viennent se grouper autour de Pothin.)*

SCÈNE VII.

LES MÊMES, LES CHRÉTIENS.

POTHIN, *en s'adressant aux chrétiens.*

Eh bien! mes enfants, Sancte vous a sans doute dit le sacrifice que le Christ allait exiger de vous?

TOUS LES CHRÉTIENS ENSEMBLE.

Oui, père!

POTHIN.

Et vous voulez tous vivre toujours en vrais chrétiens ou mourir en martyrs de notre sainte foi lorsque Dieu le voudra?

TOUS ENSEMBLE.

Nous le jurons!

POTHIN.

Eh bien! à genoux, mes enfants; et prions pour tous ceux auxquels nous lient le devoir, la reconnaissance ou l'amitié; prions pour l'empereur Marc-Aurèle, il est le représentant, sur la terre, de la puissance divine; acceptons avec résignation les supplices qu'il nous prépare, et formons des vœux biens sincères pour son retour à la justice et la prolongation de ses ans; prions pour le gouverneur de cette ville; que Dieu fasse descendre en son cœur des sentiments de modération et d'équité; prions pour nôs juges; prions pour nos persécuteurs et nos bourreaux, car, hélas! ils ne savent ce qu'ils font, et ils sont plus malheureux que nous; prions, enfin, oh! prions beaucoup pour celui ou ceux qui, en cet instant, nous livrent à la fureur des méchants. *(On entend des coups redoublés aux portes et aux fenêtres du temple qui ont été fermées en dedans. Pothin continue. Nuit profonde.)* Silence, agneaux paisibles! car j'entends les cris des loups dévorants. Enfants, je vous bénis, et puisse le Ciel vous accorder la force qui va vous être nécessaire pour mourir martyrs! *(Les portes et les fenêtres cèdent aux coups redoublés des assiégeants. Pothin, d'une voix forte :* Soldats du Christ! debout, car voici l'ennemi! *(Ici doit se former un groupe un peu serré sur le premier plan; au milieu de la scène, Pothin; à sa droite, Sancte, et à sa gauche, Blandine, tenant dans un de ses bras Pontique; le reste des chrétiens est derrière, tous immobiles et silencieux. Le peuple, portant des torches allumées, et en criant :* Mort aux chrétiens! *entre en foule par toutes les issues. Un tribun, revêtu des insignes de son pouvoir et un parchemin roulé dans la main, s'avance, suivi de quelques soldats, et s'arrête à dix pas du groupe.)*

SCÈNE VIII.

LES MÊMES, UN TRIBUN.

LE TRIBUN.

Par ordre du gouverneur et au nom du pieux Marc-Aurèle, hommes, femmes et enfants qui êtes en ces lieux, êtes-vous chrétiens?

TOUS LES CHRÉTIENS ENSEMBLE.

Oui! tous nous sommes chrétiens!

LE TRIBUN.

Eh bien! au nom de la loi, vous êtes tous mes prisonniers. *(Le peuple crie :* Vive l'Empereur! Vive le Gouverneur! A bas les chrétiens! *Puis il reste silencieux.)*

LE TRIBUN, *s'adressant à ses soldats.*

Soldats! que vos lourdes chaînes domptent la fureur de ces hommes fourbes et corrupteurs du peuple; de ces hommes qui, sans respect pour nos lois, sans amour pour notre pieux Marc-Aurèle et nos dieux immortels, ne craignent pas de s'insurger et de se rendre coupables des crimes les plus atroces et les plus audacieux; de ces hommes et de ces femmes qui, dans leurs banquets nocturnes, se livrent sans honte à toute la fureur de leurs passions fougueuses, et qui pour assouvir leur appétit féroce et leurs goûts dépravés, ne dédaignent pas de se repaître de chair humaine, dépassant en bassesse et en corruption les Thyeste et les OEdipe.

SCÈNE IX.

LES MÊMES, ÉPAGATHE.

EPAGATHE *sort d'un groupe d'hommes, et s'avançant vers Pothin.*

Et quoi! père, en face de telles injures et de semblables calomnies, vous restez muet et vous ne défendez pas l'honneur de vos filles et de vos enfants outragés, qui vont être livrés à la fureur d'un peuple qu'entraine le mensonge et les calomnies de cet imposteur, digne satellite de la cruelle Até?

POTHIN.

Hélas! tu sais bien, mon fils, que, pour prouver le mensonge de ses accusateurs, le chrétien ne peut le faire que par des actes et jamais par des paroles; qu'il ne peut le faire que par sa sagesse et la pureté de la doctrine qu'il professe, et au besoin par le sacrifice de sa vie. Le divin Maître nous a dit expressément : Ne donnez pas les choses saintes aux animaux immondes, de peur que, devenus plus furieux, ils ne se retournent contre vous et ne vous dévorent. Le Dieu des chrétiens est un Dieu de paix et d'amour, mais il n'est pas un Dieu de discorde et de querelles futiles.

LE TRIBUN.

Et quel est donc ce Dieu des chrétiens?

POTHIN.

Tu le sauras un jour, si un jour tu te rends digne de cette faveur.

LE TRIBUN *à Épagathe.*

Mais toi, qu'es-tu donc?

ÉPAGATHE.

Je suis chrétien!

LE TRIBUN.

Tu es chrétien! Mais quel est ton nom? Qui es-tu?

ÉPAGATHE.

Je suis chrétien! je suis chrétien!

LE TRIBUN.

Soldats! liez-moi aussi cet homme, et que ce fougueux avocat des chrétiens éprouve le même sort que ses lâches clients. *(Les soldats s'avancent silencieusement et posent les chaînes à tous ceux qui composent le groupe, à l'exception de Pontique et de Blandine. Tout cela doit se faire en silence et sans confusion. Pendant ce temps, un homme enveloppé d'un manteau sort d'un groupe du peuple : c'est Silvius; il est suivi d'un préposé à la chambre des tortures. Ils vont dans un coin du théâtre, et là, à demi-caché, Silvius parle à cet homme tout bas, en lui montrant Blandine.)*

SCÈNE X.

LES MÊMES, SILVIUS, UN PRÉPOSÉ A LA CHAMBRE DES TORTURES.

SILVIUS *au préposé à la chambre des tortures.*

Tu vois cette femme, c'est mon esclave; je la livre à la justice de l'Empereur, je l'abandonne aux effets de ta science redoutable. Néanmoins, tu veilleras sur elle; tu veilleras sur elle comme la lionne veille sur ses petits, le vautour sur sa proie. A sa première faiblesse, au premier signe de douleur qu'elle manifestera, aux premières paroles de regret ou de repentir qui tomberont de sa bouche ensanglantée, hâte-toi, viens me trouver sans délai *(il lui donne une bourse)*, et le centuple de ce que contient cette bourse, qui déjà t'appartient, te sera compté à l'instant même.

LE PRÉPOSÉ A LA CHAMBRE DES TORTURES.

Si je ne viens pas, ce sera une preuve que......

SILVIUS.

Malgré les tortures.....

LE PRÉPOSÉ.

Les plus cruelles.......

SILVIUS.

Cette femme aura résisté......

LE PRÉPOSÉ.

Aux ordres de l'Empereur......

SILVIUS.

Et persisté dans son erreur fatale......

LE PRÉPOSÉ.

Impie et sacrilége.

SILVIUS.

Agis, mais prends garde! souviens-toi de ces deux mots d'ordre que je vais te donner, que tu me rapporteras et qui te permettront l'accès jusqu'à moi : *Surveillance, activité.*

LE PRÉPOSÉ.

Seigneur, comptez sur moi. *(Le préposé va lier les mains de Blandine; tous les autres soldats, qui doivent avoir terminé leur œuvre homicide, se retirent et vont se placer sur deux rangs derrière le tribun.)*

LE TRIBUN *d'une voix forte.*

Maintenant que le fer a dompté la fureur et la rage de ces hommes perturbateurs, inquiets, sacriléges et adultères, que le feu purifie ce temple infect et maudit! Allons, peuple! à l'ordre de César, obéis! venge-toi! venge-nous! et venge Jupiter! *(Le peuple, en criant :* Vive l'Empereur! Mort aux chrétiens! *se précipite sur eux, met à feu et à flammes les draperies, rideaux et boiseries du temple. Le tumulte augmente et arrive à son comble. La toile tombe.)*

FIN DU PREMIER ACTE ET DU DEUXIÈME TABLEAU.

ACTE II.

TROISIÈME TABLEAU.

La scène représente l'intérieur d'un cachot obscur et dont la forme n'est pas bien définie. Au fond, une porte ; à droite, on aperçoit l'entrée d'un noir corridor, et, près de cette entrée, une petite ouverture taillée dans le roc ; à gauche se trouve un autre corridor dont la porte est garnie de barreaux de fer ; on y tient renfermés les animaux féroces destinés à l'amphithéâtre. Une colonne supporte la voûte du cachot. On voit çà et là plusieurs instruments de torture ; des fouets meurtriers sont supendus à la colonne, et, tout près d'elle, un anneau de fer est fixé à la voûte. Au fond de la scène on remarque, couchées par terre, des personnes endormies ; ce sont les chrétiens qui ont été faits prisonniers la veille au soir, au nombre de quinze environ ; parmi eux figurent en première ligne Blandine, Pontique, Sancte, etc. Au lever du rideau, on voit, sur le premier plan à droite, un banc de pierre sur lequel sont déposés un vase contenant de l'eau, quelques morceaux de pain et une coupe ; à gauche, un autre banc de pierre, sur lequel Pothin est couché ; Irénée est près de lui, à genoux ou tout au moins penché sur lui, un mouchoir à la main, avec lequel il cherche à étancher le sang qui sort à flots de ses blessures. Les vêtements de l'Évêque sont en partie déchirés. Ce vieillard paraît très-souffrant ; néanmoins il se ranime peu à peu, et oublie bientôt ses maux pour combattre les désirs que veut lui inspirer Irénée.

—

SCÈNE I.

POTHIN, IRÉNÉE, CHRÉTIENS PRISONNIERS.

POTHIN, *s'adressant à Irénée.*

Non, mon fils, mon cher fils ! tu ne peux rester plus longtemps en ces lieux de désolation. Va-t'en loin de ce séjour ténébreux, dangereux, glacé, et conserve tes jours pour des temps plus prospères.

IRÉNÉE.

Eh quoi! bien-aimé père, vous refuseriez mes soins! Et cependant vos douleurs doivent être bien cruelles, car vos blessures sont nombreuses, profondes et fort envenimées! Vous refuseriez aussi mon amour! Et pourtant vous n'ignorez pas combien cet amour est vif et sincère!

POTHIN.

Hélas! je refuse, mon cher enfant, le sacrifice de ta vie que tu voudrais me faire. Ne sais-tu pas que ce sacrifice tu ne le dois qu'à la défense de la vérité? Oui, mon fils, la vie est un don du Ciel dont tu ne peux disposer; elle appartient à Dieu seul.

IRÉNÉE.

Oh! pourquoi vous ai-je quitté? Pourquoi m'avez-vous dit......?

POTHIN.

Les fidèles de l'église de Vienne ne réclamaient-ils pas ta présence et tes secours?

IRÉNÉE.

Hélas! il n'est que trop vrai! Là aussi j'ai eu bien des blessures à panser, et beaucoup de malheureux à consoler, à encourager et à bénir. Hier encore j'étais dans cette ville, et c'est là que j'ai appris qu'à Lyon, comme à Vienne, les chrétiens étaient en proie aux persécutions. A cette nouvelle, j'ai tout quitté pour venir auprès de vous, afin que Dieu nous permît de vaincre, ou plutôt de mourir ensemble pour la sainte cause que nous défendons; mais il ne l'a pas voulu. A mon arrivée dans Lyon, nos autels, ô douleur! n'étaient déjà plus qu'un monceau de ruines et de cendres; ce n'est qu'à la lueur de l'incendie de notre temple lui-même, que j'ai pu découvrir la place où, quelques instants avant, étaient venus en foule s'agenouiller nos pieux fidèles. Et vous, le temple vivant du Seigneur, vous le pasteurs des pasteurs des églises de la Gaule, vous étiez traîné dans la fange d'un ruisseau immonde, et c'est en suivant les traces du sang, de ce sang qui ruisselait de vos blessures, que j'ai pu découvrir la route que vous aviez déjà parcourue. Oui, j'ai vu tout un peuple, sans respect pour vos cheveux blancs, sans pitié pour un vieillard presque centenaire et recommandable par ses vertus, meurtrir vos membres glacés par le froid des ans; j'ai vu des femmes, oui, des femmes! j'ai vu même de jeunes enfants, verser à pleines mains sur votre front vénérable et l'injure et l'outrage. Oh! si j'avais pu me frayer un passage à travers cette foule insensée et compacte, je vous aurais fait un rempart de mon corps contre la fureur de cette populace effrénée, et aujourd'hui je serais avec vous enfermé dans ces lieux pour une même cause, et bientôt il nous serait permis de répandre ensemble notre sang. Mais non, non, hélas! je ne suis ici qu'à titre de visiteur et non comme chrétien, et maintenant que je suis auprès de vous, vous me dites de fuir de vous abandonner!

POTHIN.

Oui, mon fils, c'est par la permission de Dieu même que tu ne t'es pas trouvé hier avec nous, dans notre temple, lors de notre arrestation. Apprends de moi que l'heure de la souffrance et de la mort n'est pas encore sonnée pour toi; ton œuvre ne fait que de commencer, et tu ne peux l'avoir terminée. Plus tard, en vérité, je te le dis, le docteur Irénée sera traîné dans la boue comme le vieux Pothin; et sa main tremblante, décharnée et ensanglantée, ira cueillir, elle aussi, au fond d'un noir cachot, la palme du martyre et la couronne de la gloire immortelle ; oui, mais plus tard. Il faut auparavant qu'Irénée se soit sanctifié par une conduite pure et sans tache, il faut qu'il se soit immortalisé par des œuvres impérissables. Jusqu'à présent, il n'a fallu, pour gouverner les églises de la Gaule, qu'un homme simple et craignant Dieu, un homme capable de se dévouer jusqu'au sacrifice de sa vie. Mais dans quelques jours cela ne suffira pas ; aujourd'hui, il est vrai, les persécutions, mais demain l'hérésie. Aux persécutions il faut du sang, et je puis encore en offrir quelques gouttes ; à l'hérésie il faut autre chose que du sang, il faut du génie. C'est donc à Irénée, au docteur Irénée, à sacrifier le fruit de ses longues veilles et de ses travaux scientifiques pour la défense d'une même foi et d'une même vérité. Oui, mon fils, l'heure du repos va bientôt sonner pour moi. A moi maintenant l'amour et le respect des peuples qui succèderont à la génération présente ! A toi les hommages et les considérations éclatantes des savants de tous les siècles à venir !

IRÉNÉE.

Et que me fait à moi le faux éclat de la gloire et les illusions mensongères de la renommée de ce monde trompeur ? Tout ce que je veux, tout ce que je peux vouloir, c'est de mourir maintenant avec vous pour la gloire de mon Sauveur Jésus-Christ !

POTHIN, *allant au milieu de la scène.*

Et moi, au nom du Christ, de ce Christ que tu invoques et pour qui tu veux mourir, je t'ordonne de vivre ! Eh quoi ? mauvais serviteur, croyais-tu donc qu'il ne suffisait, pour acquérir le titre de bon soldat, que de se faire tuer témérairement sur une brèche qui n'est encore qu'entr'ouverte, dans un moment d'exaltation et de zèle mal compris, et alors que la victoire n'est rien moins qu'indécise? Non, non, c'est une erreur! Un bon soldat est celui qui défend bien le poste qui lui a été confié, quelle que soit l'importance ou l'inutilité apparente de ce poste; le meilleur soldat est celui qui sait le mieux obéir à son chef! Tu pensais donc, jeune et valeureux Irénée, qu'il te suffisait, pour mériter le Ciel, de ces quelques instants d'épreuves pendant lesquels tu as vécu jusqu'à ce jour? Tu t'imaginais que Dieu, pour quelques heures de travail, te devrait une gloire et un repos éternels? Erreur! mille fois erreur, soldat du Christ! Au vieux Pothin, pour prix de ses cinquante années d'apostolat, Dieu va donner aujourd'hui : dans le Ciel, le bonheur; sur la terre, un froid cercueil; mais demain il confiera au jeune Irénée le salut de vingt millions d'âmes.

IRÉNÉE.

Eh bien! mon père, je me soumets à tout ce qu'il vous plaira de m'ordonner. Parlez, et vous serez obéi.

POTHIN.

Dans quelques heures, nos frères dévoués seront errants et vagabonds dans les rues et carrefours de cette cité; car lorsque le pasteur est absent, le troupeau est bientôt dispersé, et avant la fin du jour, le chef des églises de Lyon, le père spirituel des chrétiens répandus dans les Gaules, aura été rendre compte au Juge suprême de la mission délicate et périlleuse qu'il s'était chargé de remplir en acceptant la suprématie dans l'apostolat. Eh bien! ce sera toi, Irénée, qui réuniras sous ta houlette toute-puissante et en même temps toute paternelle ces brebis fidèles, ces agneaux timides et paisibles, que je vais abandonner, hélas!

à la merci des loups dévorants. Ainsi, pour te charger de ce lourd fardeau, que j'ai péniblement porté moi-même pendant de bien longues années, je vais, de mes mains glacées par le froid des ans, et avant que la mort nous sépare, te consacrer le pasteur des pasteurs des églises des Gaules. Je te remets donc, comme à mon digne successeur immédiat *(il lui remet son anneau)*, cet anneau, signe de ma puissance apostolique, et les pouvoirs qui m'ont été confiés. Plus tard, tu iras à Rome, et là, le successeur de Pierre, le prince des Apôtres, approuvant les désirs des fidèles de Lyon et les dernières volontés d'un vieillard mourant, confirmera ton élection, et l'huile et le saint chrême oindront tes membres vénérés. En attendant ce jour solennel, que *(il prend la coupe placée sur le banc de pierre et dans laquelle il y a du sang et de l'eau)*, par la vertu de ce mélange d'eau et de sang que je bénis au nom de la Sainte Trinité, Dieu t'accepte comme un de ses représentants sur la terre! Que par l'efficacité de cette eau, pleurs amers que j'ai versés par amour pour Jésus-Christ, et de ce sang que j'ai répandu pour la défense de la vérité, la gloire de mon Maître et le salut de mes frères; que par la puissance de ce signe auguste de notre rédemption que je trace sur ton front en caractères indélébiles *(Irénée se met à genoux, Pothin lui fait le signe de la croix sur le front)*, Dieu le Père, créateur du ciel et de la terre, accorde à ton intelligence, nourrie par la tradition et éclairée par le flambeau de la foi, la science qui t'est nécessaire pour vaincre les ennemis des saines doctrines, et que sur ce bouclier indestructible viennent se briser les efforts impuissants de l'hérésie et du schisme! *(Il lui trace le signe de la croix dans les deux mains.)* Que Dieu le Fils, la splendeur du Père, notre Rédempteur, et en qui vit toute notre espérance, arme tes mains de ce glaive à deux tranchants pour abattre l'orgueil des superbes, protéger la modestie des faibles et soutenir l'innocence des opprimés! *(Il lui trace le signe de la croix sur le cœur; Irénée se relève lentement; à la fin de cette cérémonie, Pothin se trouve tout naturellement à genoux devant Irénée et celui-ci debout.)* Que le Saint-Esprit embrase ton cœur d'amour pour le salut de tous tes frères, unis ou séparés de ta communion, et que le feu de ton ardente charité étende et purifie le cœur de tous les hommes, enfants d'un même père! Et maintenant, Pontife du Très-Haut, Ministre du Seigneur, en vertu de cette puissance qui vous a été donnée de lier et de délier sur la terre, au nom du Christ, pardonnez au pécheur pénitent et bénissez le vieillard qui va bientôt mourir!

IRÉNÉE, *les mains étendues sur Pothin qui est à genoux.*

Moi prêtre du Christ, au nom du Christ, je t'absous, pécheur, de tous tes péchés *(il lève les mains vers le ciel)*; et vous, mon Dieu! ô mon Dieu! bénissez vous-même votre enfant.

POTHIN *se relève et embrasse Irénée.*

Merci, mon fils chéri! merci du bien que tu viens de me faire! et puisse le Ciel te rendre un jour aussi heureux que je le suis moi-même en cet instant! Maintenant, retire-toi, Irénée; car j'entends mes enfants qui s'éveillent, et je me dois encore tout à eux.

IRÉNÉE.

Père, de grâce, encore un mot! Dites-moi, je vous prie, les noms des fidèles qui ont été faits prisonniers dans la journée d'hier, pour qu'après avoir été le témoin des actes de leur martyre, je puisse un jour en faire part à ceux de nos frères qui sont répandus dans l'Asie et dans la Phrygie, afin que l'exemple des uns augmente le courage et ravive la foi des autres.

POTHIN, *en remettant des tablettes à Irénée.*

Voici les tablettes sur lesquelles sont inscrits les noms que tu désires connaître ; mais n'oublie pas, mon fils, que la gloire de cette journée appartient toute à une femme, à cette esclave *(il désigne Blandine)*, dont le maître et la maîtresse viendront, eux aussi, bientôt mêler leur sang à celui qui va être répandu aujourd'hui, mais dont le cœur en cet instant trop charnel ne peut pas recevoir le trésor précieux de la foi, et ne sera purifié qu'après avoir passé par les épreuves du deuil et de la douleur. Oui, que le nom de l'esclave Blandine apparaisse dans l'histoire resplendissant d'une auréole de gloire et d'immortalité, et que les noms brillants de Silvius et de Julia soient mêlés et confondus avec ceux de ces pieux chrétiens qui, dans le courant de l'année, mourront pour la propagation de notre foi ! *(Il lui montre la colonne placée en ce lieu.)* Vois-tu cette colonne ensanglantée ? C'est là que cette frêle créature a été attachée et que, pendant toute la nuit qui vient de s'écouler, elle a souffert avec une constance à toute épreuve et une résignation inconcevable les tortures les plus cruelles ; c'est là qu'elle a déjà lassé la patience de ses cruels bourreaux, et que les fouets meurtriers ne sont restés immobiles que lorsque les bras de fer qui les faisaient mouvoir n'ont plus eu la force de les soulever. Mais silence ! car elle pourrait nous entendre, et nous ne devons pas, en parlant de la puissance de la lionne, blesser la modestie de l'humble brebis.

IRÉNÉE, *embrassant Pothin.*

Adieu, père ! adieu !

POTHIN.

Adieu, mon enfant! adieu et au revoir dans le Ciel!

IRÉNÉE.

Au revoir! adieu! *(Il sort.)*

SCÈNE II.

LES MÊMES, *moins* IRÉNÉE.

POTHIN, *s'adressant aux chrétiens qui sont éveillés et déjà près de lui.*

Allons, mes chers enfants! encore un peu de courage, encore quelques moments d'épreuve, quelques heures de souffrances, et Dieu, dans le Ciel, changera la couronne d'épines qui meurtrit votre front en une couronne de gloire et d'immortalité. Écoutez, mes enfants, écoutez. *(Les chrétiens s'avancent plus près.)* Suivant l'exemple qui nous a été donné par nos frères d'Italie qui nous ont précédés dans la voie des persécutions, nous devons obéir à l'invitation qui nous a été faite par le gouverneur de cette ville, et accepter un festin splendide que nous autres nous appelons *un dîner d'adieu* ou *repas libre*. Allons donc, tous ensemble, dans la galerie où ce dîner doit déjà nous être servi et où d'autres chrétiens bien-aimés nous attendent. Venez, amis de Dieu, venez tous vivre encore quelques instants! venez prier! venez vous préparer à mourir! *(Tous sortent et suivent Pothin, à l'exception de Pontique et de Blandine.)*

SCÈNE III.

BLANDINE, PONTIQUE.

(Pontique est assis sur le banc de pierre occupé naguères par Pothin. Il est là pensif, le front appuyé sur ses deux mains. Blandine s'approche.)

BLANDINE.

Et toi, mon cher enfant, que fais-tu seul ici? Ne vas-tu pas prier avec tes frères, Pontique, mon ami? Mais que vois-je? ô mon Dieu! des larmes dans tes yeux? Oh! qu'as-tu? Quelles sont les causes de tes douleurs ou de tes chagrins? Quoi! tu pleures en ce jour glorieux, en ce beau jour où nous allons mourir pour Dieu et pour notre foi?

PONTIQUE.

Hélas!

BLANDINE.

Oh! parle, mon enfant! Dis-moi quel est le sujet de ta tristesse; dis-moi tout, oui tout! Ne sais-tu pas que j'ai été jusqu'ici et que je serai toujours ta confidente et ton amie?

PONTIQUE.

Eh bien! oui, Blandine, je te dirai tout. Par tes bontés tu as dignement acquis le droit d'être mon amie, ma sœur, ma mère. Oh! permets-moi de te donner ce nom doux et chéri de mère. N'est-ce pas, en effet vers toi que je me suis toujours réfugié après avoir essuyé les durs traitements de mon injuste et méchant maître? N'est-ce pas toi qui m'as donné très-souvent le pain qui m'était dû et que l'avarice sordide me refusait? N'est-ce pas sur tes genoux et de tes lèvres riantes et persuasives que je recevais ce pain plus précieux encore, ce pain que l'on appelle *la parole de Dieu*, ce pain de l'âme qui m'a fait, de pauvre esclave des idoles et de Satan que j'étais, un enfant chéri de Dieu et de la liberté? Quant à la femme de qui j'ai reçu la vie, je ne la connais pas, je ne l'ai jamais vue, je n'ai jamais été bercé sur ses genoux; je n'ai jamais été pressé sur son sein; car après m'avoir donné le jour, hélas! elle m'a abandonné. Mais que dis-je? ce n'est pas elle qui m'a abandonné! Une mère peut-elle abandonner son tout petit enfant? Oh non! mais ma mère était esclave, et le fils de l'esclave appartient à la loi! Et toi, n'es-tu pas aussi la fille de l'esclave? A ce titre, n'es-tu pas ma sœur? Enfin, ne sommes-nous pas tous deux chrétiens? Eh bien! ô ma sœur! ô ma mère! pardonne à ma faiblesse, mais.....

BLANDINE.

Achève, mon enfant.

PONTIQUE.

Eh bien! je ne veux pas mourir! oh! non, vois-tu? pas encore! plus tard, oui plus tard. Tu vois bien, en effet, que je suis trop jeune. Je n'ai rien fait, hélas! encore pour le Christ. Lorsque j'aurai combattu pour mon Sauveur, lorsque mon corps aura été couvert de glorieuses blessures pour la défense de son saint nom, oh! alors, va, je saurai bien mourir pour ma foi et pour la gloire de mon Maître, mais plus tard. Tiens, bonne mère, regarde comme je suis frêle et chétif; vois ces membres délicats et fragiles, et pourtant l'on dit, et tu le sais bien, toi! que les tortures font tant souffrir, que les tigres sont si terribles! N'est-il pas vrai que je serais brisé par de trop fortes douleurs, et que je succomberais avant l'heure de la victoire vaincu par ces cruels ennemis? N'est-il pas vrai, ma sœur, que ce genre de mort a quelque chose de bien hideux, et que mon front encore pur et vermeil pâlirait d'effroi en face de ces monstres aux dents aiguës et dégouttantes de sang? Et puis, tu ne l'ignores pas, jusqu'à ce jour je n'ai connu de la vie que les ennuis et les tourments, car j'étais esclave et l'esclave d'un maître dur et cruel; mais aujourd'hui, vois-tu, que je suis affranchi, je veux, puisque je le puis, user de la vie et de ma liberté. Oh non! non, je ne veux pas mourir! Jusqu'à ce jour des épines cruelles ont ensanglanté mes genoux et meurtri mes pieds, il me faut maintenant ceindre le front de lauriers, de myrthes et de roses. A moi! oui, à moi la gloire et le bonheur! Tiens, Blandine, je ne sais ce qui vient de se passer en moi; mais on dirait qu'un flambeau céleste, mystérieux, vient de briller à mes yeux, qu'un feu ardent vient d'embraser mon âme. Oui, quelque chose me dit là, au fond du cœur, que je puis être heureux dans ce monde, et que j'y trouverai une source assez pure pour pouvoir étancher la soif qui me dévore. Viens, abandonnons ces lieux de sinistre présage, fuyons! Oh! j'ai peur! j'ai bien peur ici! Viens, fuyons, te dis-je! Il faut à mes poumons l'air libre, l'air frais de la vallée ; il faut à mes bras engourdis par le froid glacial de ce sombre séjour tout un soleil du mois de juin!

Blandine.

Eh quoi! cher enfant, arrivé sur le champ d'honneur, tu ne veux plus combattre?

Pontique.

Je ne veux plus mourir!

BLANDINE.

Tu veux abandonner ici tes frères et tes amis?

PONTIQUE.

Blandine, je veux vivre!

BLANDINE.

Rappelle-toi, mon cher enfant....

PONTIQUE.

Je me souviens de ces beaux jours de fête où tout un peuple, assis sur des tapis magnifiques, applaudissait aux triomphes de nos gladiateurs; j'entends encore leurs chants ravissants, et ces cantiques sacrés composés en l'honneur des dieux et des héros; je vois le front du vainqueur de ces luttes superbes ceint du bandeau triomphal, signe de sa valeur.

BLANDINE.

O mon ami! chasse bien loin de ton esprit le tableau de ces fêtes impies, inventées par Satan, envieux de ton âme et jaloux du bonheur qui t'est réservé; reviens à toi, mon ami, souviens-toi des promesses que tu nous fis hier.

PONTIQUE.

Aujourd'hui je veux vivre!

BLANDINE.

Tu as donc oublié et tes vœux et tes serments?

PONTIQUE.

Ma sœur, te souviens-tu de ces jours précieux où nous allions ensemble, sur la verte pelouse, cueillir, en folâtrant, ces mille et mille fleurs charmantes, qui devaient embellir le pieux sanctuaire témoin des prières que nous adressions à Dieu pour le salut de nos frères et de nos amis? Te souviens-tu de cette belle nuit d'été, alors qu'assis sur le sommet de la montagne escarpée, et dans les entrailles de laquelle, hélas! nous sommes maintenant renfermés? Eh bien! nous contemplions cette poudre d'or, ces milliers de diamants qui ornent la voûte céleste. Te souviens-tu que, dans notre folle joie, nous voulions connaître le nombre de ces astres lumineux, et qu'avant d'avoir pu en découvrir la centième partie, les collines voisines, comme pour nous punir de notre présomption, se parèrent, grâce à l'aurore, d'une lueur de feu? La nuit sombre fit place à la clarté du jour, et, bientôt après, le brillant Apollon apparut à l'horizon sur son char radieux, tandis que la tendre Philomèle et des milliers d'oiseaux cachés sous la feuillée, au fond du bocage encore sombre et jusque-là silencieux, réveillaient de leur chant mélodieux tous les échos d'alentour. Ah! que ce concert était harmonieux et ce spectacle magnifique! Ah! comme le chant de ces petits oiseaux, se mêlant à la voix grave de ce fleuve qui roulait ses flots impétueux à nos pieds et qui allait, en serpentant, se perdre dans le lointain, flattait agréablement nos oreilles! Que ce tableau majestueux inondait notre cœur de joie et de bonheur! Eh bien! ma sœur, j'étais alors bien petit, tout petit, et cependant je me rappelle encore les belles paroles que tu m'adressas à cette occasion. Me prenant par la main, tu me dis : Pontique, mon enfant, tu as vu ces étoiles brillantes; vois maintenant cette variété de fleurs qui émaillent gracieusement les vertes prairies et qui embaument l'air de leurs parfums suaves; remarque ces oiseaux légers; entends-tu leur concert? Vois-tu ce soleil qui, par les flots de lumière et la chaleur qu'il répand sur la terre, ranime la nature et fait tout renaître à la vie et au bonheur? Eh bien! tout cela, c'est Dieu qui l'a créé, tout cela annonce sa gloire, mais ce n'est qu'un pâle reflet de sa grandeur, une œuvre bien faible de sa toute-puissance. Oui, mon ami, Dieu a fait tout cela, et il l'a fait pour l'homme et par amour pour l'homme. Hélas! j'étais loin de comprendre alors le sens profond de ces sublimes paroles, et bientôt je te quittai pour folâtrer dans la prairie et courir après les jolis papillons. Aujourd'hui que, grâce à ma raison qui a grandi avec l'âge, je commence à comprendre ce qu'il a fallu à Dieu de puissance, d'amour, pour opérer l'œuvre de la création, je veux aller encore sur la montagne contempler la splendeur des cieux et les beautés de la nature, afin que, pendant la nuit et le jour, le soir et le matin, je puisse bénir et chanter la gloire du Créateur. Oh! tu le vois bien, ma bonne sœur? tu le vois bien? Non! non! je ne puis pas vouloir mourir encore!

BLANDINE.

Eh bien! qu'il soit fait selon ta volonté! Adieu, Pontique, sois heureux!

PONTIQUE.

Où vas-tu donc, ma sœur?

BLANDINE.

Retrouver mes véritables frères, les chrétiens.

PONTIQUE.

Ceux qui sont destinés à l'amphithéâtre?

BLANDINE.

Oui.

PONTIQUE.

Mais ceux-là vont mourir!

BLANDINE.

Eh bien! n'ai-je pas assez vécu puisque j'ai perdu mon enfant?

PONTIQUE.

Que dis-tu, Blandine?

BLANDINE.

Adieu!

PONTIQUE.

Non, non, reviens. Eh quoi! tu voudrais me quitter?

BLANDINE.

Que puis-je encore faire ici?

PONTIQUE.

Ma sœur, je ne comprends rien au sens de tes paroles; mais tes yeux sont voilés par des pleurs, et tes regards sont sévères. Blandine, on dirait que tu ne m'aimes plus.

BLANDINE.

L'ennemi de mon Jésus pourrait-il me charmer?

PONTIQUE.

L'ennemi de Jésus, qui? moi? Oh non! rétracte cette cruelle parole; car je l'aime, vois-tu, Jésus, et je l'aimerai toujours! et toi, tu l'aimes bien aussi, n'est-ce pas?

BLANDINE.

Tu vois bien que oui, puisque je vais mourir pour lui!

PONTIQUE.

Mourir pour lui! mais si je ne meurs pas, moi?

BLANDINE.

Eh bien!

PONTIQUE.

Eh bien! quoi! tu voudrais me quitter? tu voudrais mourir sans moi? Oh! non, c'est impossible. Mourir sans moi! y penses-tu? tu n'es donc plus ma mère? une mère peut-elle mourir, de propos délibéré, sans son enfant? Oh! tu sais bien que non!

BLANDINE.

Mais ne sais-tu pas que nous sommes ici prisonniers, et que nous ne pouvons sortir de ces lieux que pour aller à la mort? *(Elle lui montre ses deux mains qui sont enchaînées.)* Vois ces chaînes, pourrai-je les briser?

PONTIQUE.

Oh! tout a été prévu. Je n'ai pas de chaînes aux mains, moi; et je pourrai te délivrer des tiennes sans beaucoup de peine, et puis....

BLANDINE.

Et puis?

PONTIQUE.

Et puis, au fond de ce souterrain tortueux, j'ai découvert un passage étroit par où nous pourrons cependant nous échapper avec quelques efforts; ensuite, une fois sortis d'ici, nous pourrons nous mêler au peuple de Lyon; dans la foule, on ne pourra nous reconnaître comme des fugitifs. Va laisse-moi diriger cette entreprise, et nous n'aurons bientôt plus rien à craindre des hommes qui nous surveillent.

BLANDINE.

Mais Dieu ne nous verra-t-il pas, et pourrons-nous éviter aussi ses regards? Pontique, voyons, crois-tu que ce serait bien fait de fuir comme des criminels?

PONTIQUE.

Hélas! quelque chose en effet là, au fond de mon cœur, me dit que nous agirions très-mal; comment faire? Mais ne nous a-t-on pas dit que si nous voulions obéir à l'Empereur, on nous rendrait la liberté pour prix de notre obéissance? Eh bien! ne sais-tu pas qu'il faut obéir? J'obéirai, tu obéiras aussi, et nous serons libres tous deux.

BLANDINE.

Sais-tu ce que l'on va exiger de nous?

PONTIQUE.

Non; tout ce que je sais, c'est qu'il faut obéir; j'ai toujours obéi à mon maître, hélas! et je ne sais faire que cela.

BLANDINE.

Il me faudra donc dans quelques instants, en face du gouverneur de cette cité et d'un peuple heureux de pouvoir nous trouver en défaut, dire que nous sommes tous des impies, des méchants, des ennemis de l'Empereur et de la patrie, des parjures et des sacriléges! Il me faudra, sur un autel empourpré du sang des chrétiens, mes frères, offrir un encens impur à ces dieux d'or, de pierre ou de bois, qui ont usurpé la place du vrai Dieu, mon Créateur et mon Sauveur!

PONTIQUE.

Que dis-tu Blandine? Oh! non, tu ne le feras pas, car ce serait très-mal; tu ne diras pas cela non plus, puisque ce n'est pas vrai. A la vérité nous sommes chrétiens, mais nous ne sommes ni méchants, ni impies, ni sacriléges; tu le sais bien mieux que moi, non chez nous il ne se commet point de mal!

BLANDINE.

Oui, je le sais; mais, hélas! nous ne pouvons plus maintenant vivre, ni toi, ni moi, qu'au prix d'un mensonge infâme et d'une apostasie sacrilége.

PONTIQUE.

Oh! que me dis-tu là? Est-ce bien vrai? Mais l'Empereur!

BLANDINE.

L'Empereur ne veut nous accorder la vie qu'aux mêmes conditions que le gouverneur.

PONTIQUE.

Mais non, c'est impossible; non, Blandine, tu me trompes. Hélas! que dis-je? tu ne m'as jamais trompé, car tu n'as jamais menti. Il me faudra donc mourir, et pourtant la vie me paraît si belle! Mais n'importe! Mieux vaudrait, oh! mille fois mourir que de mentir et d'offrir aux faux dieux un encens impie. Ces hommes qui nous forcent à agir ainsi sont donc bien méchants, et mon maître n'était donc pas le seul à me commander des choses injustes.

BLANDINE.

Oui, mon ami, ces hommes sont bien méchants; mais qui sait si toi-même, dans quelques années, vivant de leur même vie et toujours en contact avec eux, tu ne seras pas un jour aussi méchant qu'eux?

PONTIQUE.

Oh! jamais, jamais! Et toi, ma sœur, tu as quinze ans de plus que moi et pourtant tu n'as jamais été méchante? tu n'as jamais offensé le Christ, n'est ce pas?

BLANDINE.

Hélas! mon ami nul n'est innocent devant Dieu et le repentir seul peut nous rendre agréables à ses yeux; mais toi-même si tu veux bien comparer la parole énergique et courageuse que tu prononças hier avec la lâcheté de l'acte que tu viens de proposer, ne peux-tu pas comprendre déjà combien le cœur de l'homme est faible pour opérer le bien et combien sa volonté est changeante?

PONTIQUE.

C'est vrai. Oh! puisqu'il en est ainsi, puisque je suis déjà si coupable et que plus tard je pourrais offenser le bon Dieu et devenir méchant envers mes semblables, je veux mourir avec toi.

BLANDINE.

Mais tu es si jeune encore!

PONTIQUE.

Plus tard je pourrais être si méchant!

BLANDINE.

Mais tu es si frêle et les tortures font tant souffrir!

PONTIQUE.

Tandis que ma poitrine sera déchirée par les griffes des panthères, mon cœur offrira ses souffrances à Jésus, et Jésus, qui vit en moi, sera bien plus fort que les ongles de fer et les ardeurs du feu.

BLANDINE.

Mais la mort est si hideuse!

PONTIQUE.

Je mourrai en te regardant et en regardant le Ciel.

BLANDINE.

Ainsi tu veux mourir, bien vrai?

PONTIQUE.

Oui, afin de n'être jamais méchant, ni menteur, ni parjure, je veux mourir avec toi et pour le Christ.

BLANDINE, *en l'embrassant sur le front.*

Oh! mon fils, mon cher fils! que le Dieu tout-puissant

conserve en toi cette grande, sainte et énergique résolution! Va, mon enfant, va avec tes frères, va prier avec eux! je viendrai vous rejoindre dans quelques instants, et alors rien ne pourra plus nous séparer. Adieu.

PONTIQUE *fait quelques pas pour s'en aller, puis il revient.*

Adieu! et au revoir bientôt! (*Il revient vers Blandine.*) Écoute, Blandine, la grâce que je te demande encore et tu ne me la refuseras pas, j'espère.

BLANDINE.

Oh non! parle.

PONTIQUE.

Eh bien! durant les cruelles épreuves que l'on va nous faire subir, lorsque tous deux nous serons dans l'amphithéâtre, si tu apercevais chez moi, — tu sauras bien le reconnaître, — quelques instants de faiblesse, ne m'abandonne pas; veille sur ton enfant, toujours, mais surtout en ce moment suprême où, la paupière tremblante, le front pâle et livide, ma main qui pressera mon cœur retombera blanche et glacée; en cet instant de lutte où la mort, planant sur ma tête, cherchera à briser le lien qui unit notre âme à la matière, oh! je t'en supplie, ne me parle plus, ne me dis rien, tu ne pourrais le faire sans ajouter à tes souffrances, et moi je ne pourrai peut-être plus l'entendre. Mais daigne seulement jeter un dernier regard sur ton ami, et, je te le jure, quelles que soient mes douleurs et ma faiblesse, mon courage reviendra, mes esprits abattus se ranimeront, et alors je serai fort.

BLANDINE.

Bien fort?

PONTIQUE.

Plus fort que la douleur et que les angoisses de la mort! Adieu. (*Il sort.*)

BLANDINE *seule.*

Oh! Satan! esprit de mal, génie imposteur, je saurai bien, par la puissance de mon Dieu, t'arracher l'âme chaste et candide de cet enfant pieux et vrai chrétien.

SCÈNE IV.

BLANDINE, UN GÉOLIER,

LE GÉÔLIER.

Blandine! une visite! Veux-tu recevoir, en ces lieux, un homme dont le nom et le rang sont pour moi un mystère? Je crois néanmoins et je ne pense pas me tromper que ce doit être quelque noble chevalier caché sous le costume d'un homme du peuple. Il m'a dit qu'il voulait absolument te parler.

BLANDINE.

Que me font à moi, mon ami, et le nom et le rang des personnes qui veulent bien s'intéresser à mon sort? ne dois-je pas recevoir tous ceux que le bon Dieu m'envoie?

LE GÉÔLIER.

O la bonne et charmante créature que tu me parais être! Quel malheur que tu te sois jetée, toi si douce, si aimable et si jeune, dans cette maudite secte, dans cette société impie que l'on appelle *chrétienne!* Quel malheur que tu aies pris part à ces banquets nocturnes dans lesquels il se passe des choses, des choses qui font horreur..... Quoi!

BLANDINE.

O mon cher ami, que dis-tu?

LE GEÔLIER.

Je dis..... je dis ce que tout le monde dit ; je ne suis que l'écho de la rue. Je t'avoue cependant que, s'il me fallait dire ce que je sais et ce que je pense, eh bien ! tous tant que nous sommes, juges et bourreaux qui te persécutons, nous ne sommes, vois-tu? que des monstres d'iniquité, tandis que tes compagnons et toi-même vous êtes des anges de douceur et de vertu. Mais silence! car j'ai trois petits enfants, et ces enfants ont besoin de leur père; toutefois je t'avoue qu'il est bien pénible, très-pénible d'être obligé, pour un morceau de pain noir, de se montrer cruel et intraitable envers des personnes qui ont pris à cœur de nous combler de bien. Voilà ce que je dis. Oui, c'est pénible, bien pénible ! *(Il sort.)*

BLANDINE *seule*.

Seigneur Jésus, qui êtes mort pour le salut de tous les hommes, n'abandonnez pas celui-ci aux rigueurs de votre justice; purifiez son cœur, éclairez son intelligence, et rendez-le digne de participer à l'œuvre de la rédemption..... Mais quelle est donc la personne qui veut me parler? O ciel! lui! Silvius! Oui, c'est lui! O mon Dieu! vous qui seul connaissez la grandeur de ma faiblesse et qui voulez pourtant que je sorte triomphante de la lutte, ayez pitié de votre pauvre et humble servante; abrégez cette dernière épreuve, augmentez en moi le courage, inspirez-moi les réponses que je dois faire à l'ennemi de votre saint nom; que mes lèvres n'expriment que des pensées dignes de vous, et que je ne fasse en tout que votre volonté !

SCÈNE V.

SILVIUS, BLANDINE.

SILVIUS.

Blandine, ne crains rien. C'est un ami désormais prudent, sincère et dévoué qui vient ici.....

BLANDINE, *avec dignité et surprise.*

Eh quoi! Seigneur, est-ce bien vous?

SILVIUS *humblement.*

Oui, ma chère Blandine, c'est moi, c'est encore, c'est toujours moi.

BLANDINE.

Que vient donc chercher en ces lieux humides et ténébreux, en ces lieux habités par des malfaiteurs, des esclaves, des chrétiens, le noble et valeureux Silvius, le fils d'un proconsul romain?

SILVIUS.

Hélas! tu ne le comprends que trop! mais écoute. Oh! je t'en supplie, ne sois pas irritée de ma présence, ni alarmée du but de ma visite; car je ne viens pas t'accabler d'outrages; je viens, au contraire, te couvrir de ma protection, te défendre s'il le faut et te sauver.

BLANDINE.

Seigneur, vous le voyez, je suis calme, je possède la paix de l'âme et du cœur. Quoique seule et sans défense auprès de vous, je suis persuadé que le frère de la noble Julia est trop respectueux envers lui-même pour que je puisse craindre qu'après avoir usé hier de toute sa puissance contre son esclave, il veuille aujourd'hui profiter de la faiblesse d'une pauvre femme.

SILVIUS.

Oh! ange du ciel, je suis coupable; oui, bien coupable! et je ne viens en ces lieux, sanctifiés par les larmes des justes et le sang des martyrs, que pour te faire l'aveu de mon crime, te témoigner mon sincère regret et obtenir mon pardon de ta générosité. Hier, il est vrai, j'ai cru, insensé que j'étais! que tu n'avais résisté à mes désirs qu'à cause de la trop grande faiblesse de mes moyens de séduction et de ma trop grande condescendance à ton égard; j'ai cru que quelques instants d'épreuves et de tortures auraient suffi pour abattre ton courage et te ramener à la raison. Cette nuit, si tu as été maltraitée comme chrétienne, c'est moi, malheureux! qui ai hâté l'heure de ton supplice et animé l'ardeur de tes bourreaux. Maintenant, vois-tu? je voudrais racheter au prix de ma vie chaque goutte de sang que j'ai fait verser.

BLANDINE.

Toute puissance n'a-t-elle pas été donnée au patricien? et le noble Silvius n'avait-il pas sur son esclave Blandine droit de vie et de mort?

SILVIUS.

N'est-ce pas pour cela que j'aurais dû te respecter? Écoute: je n'ai été jusqu'ici pour toi qu'un maître orgueilleux et sévère; mais, sous cette apparence de sévérité et de fierté, je nourrissais au fond du cœur un profond attachement; tandis que sous tes regards doux et bienveillants, sous les dehors de ton obéissance et de ton dévouement, je n'ai rencontré qu'une volonté de fer et le cœur d'une lionne irritée. Ton obéissance envers moi n'a jamais dégénéré en faiblesse, et mon omnipotence n'a jamais pu ébranler la fermeté de ta vertu. Maintenant les rôles sont changés : tu n'as plus en ta présence l'impétueux Silvius au regard farouche, à la parole sévère et impérieuse; sous cet aspect grave et majestueux, je ne reconnais plus la douce esclave de la noble Julia; dans cette étrange saturnale à laquelle nous assistons en ce moment, l'esclave est devenue souveraine, et le souverain est devenu esclave. Cette nouvelle condition, je l'accepte; mais qu'à mon tour je puisse trouver, sous l'extérieur de cette fierté et dans les plus profonds replis de ton cœur, les sentiments d'une tendre et sincère amante. Tiens, Blandine, la volonté du maître ou l'héroïsme de l'esclave peuvent niveler les conditions. Eh bien! qu'il n'existe plus ni pour l'un ni pour l'autre de titres glorieux ni de chaînes serviles; qu'il n'y ait ici qu'un homme et qu'une femme, un homme qui veut conquérir, une femme qui peut se défendre; le sort est pour tous les deux le même, et les chances du combat sont égales.

BLANDINE.

Vous avez déployé contre moi tous les artifices de la ruse et de la violence; quelles sont donc les armes qu'il vous reste encore pour m'attaquer?

SILVIUS.

La pitié! Oui, par pitié ne me repousse pas! O Blandine! tu ne veux pas, tu ne peux pas vouloir que je meure en ces lieux de honte et de douleur! Écoute : tu sais que je suis né à Rome et que c'est dans cette cité que la gloire m'appelle; je quitterai, s'il le faut, le ciel toujours pur et serein de la belle Italie pour vivre ici, dans Lyon, sous un ciel brumeux et un climat glacial. Pour toi, je renoncerai à mes divinités pour professer le culte de ton Dieu; pour toi, je me ferai parjure; envers toi, en effet, j'ai été bien cruel! et pour toi enfin, si tu le veux, j'abandonnerai le palais de mes pères et les titres de mes aïeux. Femme, reçois cet aveu : je t'aime! oui, je t'aime! et cet amour aura plus d'empire sur moi que ma patrie, mes dieux et mes ancêtres. Mais, pour prix de tant d'affection, dis-moi un seul mot de tendresse, adresse-moi un seul de ces regards si doux et si aimables, et puis, si cela te plaît, donne-moi la mort; j'aurais assez vécu sur la terre, si tu me procurais un seul moment de bonheur. Tu vois, ma chère Blandine, jusqu'où peut aller la passion lorsqu'elle a envahi un cœur ardent. Oh! pitié pour moi! pitié! laisse-moi, seulement pour quelques instants, reposer mes lèvres enflammées sur ta main blanche et gracieuse, laisse-moi contempler la douceur de tes yeux dont l'éclat est si brillant.

BLANDINE.

Les larmes et les douleurs ont terni tout l'éclat de ces yeux qui ont pu vous charmer autrefois, et cette main est maintenant souillée pour vous, car elle est teinte de mon sang et du sang des chrétiens.

SILVIUS.

Mon amour te rendra ta première beauté, et mes larmes laveront le sang de tes blessures.

BLANDINE.

Les tortures ont brisé mes membres délicats, et ces chaînes ont meurtri mes poignets trop débiles.

SILVIUS.

Dis un mot, un seul mot, et ces fers trop pesants tom-

tomberont à tes pieds, et ces portes d'airain voleront en éclats *(il sort un poignard de sa ceinture)* sous les coups redoublés de ce poignard toujours victorieux. Oui, dis un seul mot, et ton amant timide deviendra aussitôt, pour tous tes ennemis, l'impétueux Silvius, le petit-fils d'un vainqueur des Gaulois! Blandine, j'ai encore assez de force dans le bras et assez de puissance dans la volonté pour te sauver; viens avec moi, et cette lame étincelante saura bien, malgré le nombre et l'arrogance de tes juges, malgré la fureur de tes cruels bourreaux, te rendre à la vie et à la liberté!

BLANDINE.

Il est permis aux chrétiens de mourir frappés par leurs ennemis, mais il ne leur est pas permis de frapper leurs ennemis pour vivre.

SILVIUS.

Eh bien! puisque ce glaive n'a aucune autorité sur ta vie ni sur ta mort, je le brise à tes pieds. *(Il brise son poignard.)* Mais viens, fuyons en silence, allons sur un autre rivage chercher tous deux la vie et le bonheur.

BLANDINE.

Mes frères sont ici pour combattre et pour mourir, pour combattre et mourir avec eux je dois rester ici.

SILVIUS.

Viens avec moi. Veux-tu partager ma gloire et ma puissance? Je t'offre mes honneurs, mes titres, mon rang.

BLANDINE.

Vous m'offrez, Seigneur, sur cette triste terre quelques jours de plaisir, quelques instants heureux; mais Dieu me réserve dans le ciel et pour l'éternité un bonheur infini.

SILVIUS, *écartant son manteau et laissant apercevoir un riche costume.*

Femme, vois ce collier précieux, cette riche parure, je vais briller ce soir dans un festin splendide.

BLANDINE.

Je vais me revêtir de la robe nuptiale ; car je suis conviée aux noces du divin Agneau.

SILVIUS.

Viens, viens dans mon palais ; là mes fidèles sujets courberont leur front respectueusement devant toi ; car je veux à la face de tous orner ta ravissante main *(il lui montre l'anneau qu'il a au doigt)* de cet anneau, signe de ma puissance.

BLANDINE.

Un trône étincelant de gloire et de splendeur m'attend là-haut dans les cieux où mon Jésus m'appelle. Entendez-vous, Seigneur, ces chants mélodieux ? Entendez-vous les harpes éternelles ? Un sublime concert commence en mon honneur.

SILVIUS, *mettant un genou à terre.*

Blandine, à tes genoux et le front dans la poussière, je te demande grâce. Pitié pour un pauvre insensé !

BLANDINE, *avec exaltation et levant les yeux et les mains vers le ciel.*

O Christ ! ô mon Sauveur ! tu ne me trompais pas ; car si Blandine est esclave et dans les fers, Blandine est chrétienne, et Blandine commande ici en souveraine. Mais le noble Silvius, le fils d'un proconsul, est esclave aujourd'hui ; Silvius est païen !

SILVIUS, *se relevant.*

Oh ! femme sans entrailles et sans pitié, femme au cœur de marbre et d'airain, tu m'as donc trompé ! Oui, tu m'as trompé ! Ne m'as-tu pas dit un jour que Dieu, dès l'origine, avait créé un seul homme et une seule femme, et que c'était de cette souche unique que descendaient toutes les races humaines répandues sur la surface de la terre; en un mot, que le cœur du patricien et celui de l'esclave étaient tous les deux l'œuvre d'un même créateur et qu'ils avaient été pétris d'un même limon? Eh bien! en voyant la force de ta volonté et la faiblesse de ma raison, abjure en cet instant ta folie et ton erreur! Mais que dis-je? Hélas! tu ne ressens pas et la douleur qui m'égare et le feu qui me consume! tu n'as jamais ressenti la passion qui me transporte, tu ne peux donc pas me comprendre! Oh! femme, femme! non, non, nous n'avons pas une même origine, et le père et le Dieu de l'esclave n'a jamais été ni le père ni le Dieu du noble patricien!

BLANDINE.

O Seigneur! quelle est donc votre erreur? Quoi! vous croyez que, résistant à vos séductions, je ne suis digne désormais que de vos mépris ou de votre pitié! Vous croyez, oui! je le lis dans vos yeux, que je ne suis forte que parce que je suis insensible! Oh! que vous avez mal compris le cœur de la pauvre Blandine!

SILVIUS.

Eh quoi! serait-il vrai?.....

BLANDINE.

Écoutez, Seigneur, écoutez cet aveu que je ne vous fais que parce que je vais mourir, afin que vous respectiez désormais l'humble esclave à l'égal de la noble patricienne, et rendiez gloire au Dieu vivant, en reconnaissant sa puissance dans la vertu des enfants du Christ........ Si comme vous je suivais les penchants de mon cœur, ses mouvements impétueux, qui soulèvent ma poitrine oppressée ; si j'écoutais la voix qui me crie du fond de ce cœur de boue et de sang, hélas! hélas! ce ne serait pas vous, maître et seigneur, qui seriez en ces lieux; mais ce serait moi, pauvre femme, qui, dans votre palais, ramperais à vos genoux et demanderais grâce; car, en naissant, patriciens ou esclaves, nous portons tous en nos cœurs le germe de ces vices et de ces vertus qui doivent plus tard se développer avec l'âge et les occasions. Aujourd'hui, en face l'un de l'autre, comptant à peu près l'un et l'autre un même nombre d'années et subjugués par un même événement, nous avons, tous deux, un même désir, une même volonté. Que voulons-nous? Que nous faut-il pour contenter notre cœur? Quelle est la nourriture qu'il demande tous les jours et à chaque instant du jour, sinon des plaisirs et de la gloire, toujours de la gloire et des plaisirs? Mais à côté de cette voix de révolte et de destruction, il en est d'autres qui crient, elles aussi; ce sont les voix de la justice et de l'honneur; et voilà ce qui constitue notre libre arbitre; voilà ce qui peut nous rendre, quoique esclaves et dans les fers, les enfants de la vraie liberté. Bienheureux, si nous suivons la route de la vertu! Mais malheur, si nous nous jetons dans la voie contraire! Car, que trouve-t-on pendant ces jours de gloire et après ces instants de plaisir? Moi, pauvre fille, je ne l'ai jamais éprouvé, je n'ai reçu à cet égard que des conseils dictés par la prudence, je n'ai entendu que des aveux incomplets; mais je sais tout ce qu'il y a de criminel ou de périlleux dans les joies que le monde promet à ses adulateurs. Je comprends tout ce qu'il y a de passager dans ces plaisirs illicites, d'éphémère dans cette gloire d'un jour, et cela me suffit pour résister à tout mauvais conseil. Mais vous, Seigneur, vous ne savez que trop tout cela, et par expérience!

SILVIUS.

Eh bien oui! femme, tu as dit vrai : tout ici-bas n'est qu'illusion, mensonge, erreur, vanité; mais, dis-moi, puisque je le sais et que je l'ai éprouvé tant de fois, pourquoi suis-je toujours pris dans les mêmes piéges? Pourquoi, malgré ma sagesse et ma science, suis-je toujours vaincu par ma propre faiblesse? Dis-moi pourquoi, tandis que je gouverne des légions et des armées, je ne puis pas me gouverner moi-même.

BLANDINE.

Eh quoi! Seigneur, vous avez confié la garde de votre cœur à Jupiter l'incestueux, à Bacchus l'indolent, à Vénus, cette courtisane impudique, et vous me demandez la cause et la raison de vos mauvais penchants et de votre faiblesse! O Seigneur! oui, je le sais, vous gouvernez des légions et des armées, ces légions et ces armées obéissent à votre voix, pourquoi? Parce qu'elles sont composées d'hommes, et que votre naissance et votre valeur personnelle auront toujours sur vos inférieurs et même sur vos égaux le droit de se faire craindre et de se faire obéir. Mais ici il n'y a plus d'hommes, il y a au fond de votre cœur des passions, et ces passions, un idolâtre les dirige, mais ne les gouverne pas.

SILVIUS.

Et toi, femme, comment fais-tu?

BLANDINE.

Je vous l'ai dit, Seigneur : à la vérité je veux conquérir, mais le but de mes combats, c'est le ciel. Je veux, moi aussi, le bonheur et la gloire, mais une gloire infinie et un bonheur éternel, et ce bonheur et cette gloire ne se trouvent qu'au ciel. O Seigneur! comme vous et plus que vous j'ai souffert et je souffre, plus que vous peut-être j'ai combattu; mais je suis chrétienne, et sous le bouclier de l'espérance, armée du glaive de la foi, j'ai fait ce que vous ferez aussi : j'ai vaincu et vous vaincrez un jour.

SILVIUS.

Oui, Blandine, je l'espère, et je crois tout ce que tu me dis, car à ton âge et lorsqu'on est pur comme toi, on ne ment pas en face de la mort; mais écoute; oh! pardon! encore une prière! Ton Dieu n'exige pas que tu meures aujourd'hui. Eh bien! viens, nous aurons désormais un seul et même Dieu, un seul et même père. Vois, ma sœur, je suis calme; mais il me faut encore ta sagesse pour me diriger, ta science pour m'instruire et ta foi pour m'exalter.

BLANDINE.

Mes frères sont ici, chargés de chaînes et dans de noirs cachots. Je n'en connais point d'autres.

SILVIUS.

Femme, tu m'appartiens; car tu es mon esclave. Je réclame aujourd'hui et au nom de la loi tes soins et tes labeurs. *(On entend rugir les animaux dans le corridor.)*

BLANDINE.

Entendez-vous, Seigneur, ces tigres furieux, ces lions rugissants? Ils réclament leur proie. Hier vous leur vendîtes votre esclave Blandine, et la chrétienne Blandine aujourd'hui ne vous appartient plus.

SILVIUS, *avec découragement.*

Oh! Malheur! Malheur!

BLANDINE.

Il faut nous séparer. Pour moi, le temps s'écoule avec la rapidité d'un torrent impétueux; dans quelques heures, je serai en face de l'éternité. Allez, jeune et joyeux convive, retournez vous asseoir au banquet de la vie, retournez dans ce monde où vous brillez si bien, et là, parmi les filles nobles, choisissez-vous une épouse plus digne que l'esclave Blandine et de vos richesses et de votre rang.

SILVIUS.

Un mot, un seul mot encore !

BLANDINE.

Adieu, Seigneur, adieu ! Retournez dans votre palais, et là, sur vos tapis soyeux, sous vos lambris dorés, couronnez votre illustre front de lauriers et de roses. Pour moi, sur l'arène sanglante, je vais cueillir la palme du martyre. *(Elle sort.)*

SCÈNE VI.

SILVIUS *seul.*

Perdue ! perdue, hélas ! et pour toujours..... Oh ! Némésis, cruelle Némésis ! c'est toi qui m'as trompé ; ce sont tes conseils perfides qui ont fait de moi un infâme délateur. Eh bien ! je le jure en ces lieux, témoins de mes regrets et de ma douleur, je détruirai ton temple et je briserai tes autels, comme j'ai brisé mon épée..... Christ ! ô Christ ! je reconnais en ce moment la pureté de ta doctrine et la supériorité de tes enseignements, je te reconnais pour mon maître et seigneur. Mais puisqu'il est vrai que tu règnes dans les cieux, et que toute puissance t'a été donnée sur la terre, rends-moi ma bien-aimée, et nous serons à toi, toujours, toujours ! *(Il se retourne vers la porte par laquelle est sortie Blandine.)* Femme, non, non ! je n'accepte pas ton dernier adieu. Blandine, nous nous reverrons ; oui, nous nous reverrons, et je te sauverai.

FIN DU TROISIÈME TABLEAU.

QUATRIÈME TABLEAU.

La scène représente le vestibule d'une prison ; au milieu est dressée une table somptueusement chargée de mêts exquis et choisis, et garnie de quarante-huit couverts. Au lever du rideau, sont présents Pothin, Pontique, Épipode, Alexandre, tous les chrétiens qui étaient déjà dans le cachot, et de plus ceux qui avaient été faits prisonniers dans la journée ; en tout, quarante-huit personnes, hommes ou femmes.

—

SCÈNE I.

POTHIN, PONTIQUE, ÉPIPODE, ALEXANDRE, CHRÉTIENS PRISONNIERS.

POTHIN, *s'adressant à Pontique.*

Ainsi, mon cher enfant, tu te reconnais donc un bien grand coupable ?

PONTIQUE.

Hélas ! oui, cher père, et le souvenir de cette heure de faiblesse et de ces quelques instants d'hésitation fera toujours rougir mon front de honte et brisera mon cœur de remords.

POTHIN.

Mais tu sais aussi que Dieu est bien grand dans sa miséricorde et que sa clémence, fruit de son amour, est infinie.

PONTIQUE.

Mais Dieu pourra-t-il oublier?

POTHIN.

Un père oublie si aisément les fautes de son enfant chéri.

PONTIQUE.

Je puis donc espérer d'être pardonné?

POTHIN.

Puisque déjà tout est oublié. Oui, mon cher fils, Dieu, vois-tu, ne se rappelle déjà plus les fautes que tu peux avoir commises sur cette terre; mais il ne perdra jamais de vue le sacrifice que tu vas lui faire, et l'heure de ta mort héroïque sera toujours présente à ses yeux charmés et reconnaissants. Va, mon enfant, sois en paix, sois sans crainte; reste sur cette terre, pendant quelques instants encore, ferme dans ta volonté, pieux et persévérant; tu l'as été jusqu'à ce jour; et tu recevras bientôt dans le ciel, des mains de Dieu lui-même, le prix de ton amour et de ton dévouement. *(Il l'embrasse. Pontique se retire; Alexandre s'avance vers Pothin.)*

POTHIN, *s'adressant à Alexandre.*

Et toi, mon fils, comment as-tu passé la nuit qui vient de s'écouler? Que faisais-tu pendant que j'étais traîné dans les rues de Lyon, et que Blandine, clouée à une colonne, était meurtrie par une main cruelle et sans pitié?

ALEXANDRE.

Hélas! père! moins heureux que vous autres, j'étais au fond d'un noir cachot, et là je priais et....... puis.

POTHIN.

Et puis?

ALEXANDRE.

Je chantais.

POTHIN.

Tu chantais! tu chantais! Mais chanter en face de la mort, c'est une grandeur d'âme digne d'un héros! Et quel était le sujet de tes chants?

ALEXANDRE.

L'immortalité de l'âme.

POTHIN.

Oh! oh! ceci est digne d'un chrétien.

ALEXANDRE.

Mais je n'étais pas seul.

POTHIN.

Vraiment!

ALEXANDRE.

Non; mon ami, mon frère bien-aimé, le pieux Épipode, était avec moi, nous priions et nous chantions ensemble.

POTHIN, *en souriant.*

Comme toujours, n'est-ce pas?

ALEXANDRE.

Oui, père, toujours ensemble, et la mort, qui n'a point de prise sur l'âme, n'aura pas la puissance de séparer Alexandre d'Épipode.

ÉPIPODE *s'avance et prend la main d'Alexandre.*

Non, mon bon et bien-aimé frère, et il nous est permis d'espérer qu'après avoir vécu dans une même foi et mourant pour une même cause, Dieu voudra bien, dans le ciel et pour l'éternité, réunir nos deux cœurs dans un seul et même amour.

POTHIN.

J'ai donc à pardonner deux coupables au lieu d'un! Mais n'est-ce pas aujourd'hui le jour des grandes indulgences? Je vous pardonnerai donc à tous deux, mais à une condition.

ALEXANDRE.

Parlez, père, et aujourd'hui comme toujours vous nous trouverez soumis à vos ordres et empressés d'obéir au moindre de vos désirs.

POTHIN.

Eh bien! avant de terminer ce repas d'adieu, que nous allons prendre tous ensemble devant le peuple, qui va pénétrer dans ces lieux et circuler autour de notre table, afin d'être témoin des derniers actes des chrétiens, je désire que vous nous récitiez tous les deux ces chants que vous avez composés ensemble cette nuit.

ÉPIPODE.

Que votre volonté soit faite, mon père! vous serez obéi. Mais indulgence, grande indulgence pour la précipitation avec laquelle ces chants ont été terminés; indulgence pour l'heure et le lieu qui les a vu composer, et surtout grâce pour la hardiesse de nos faibles talents eu égard à la grandeur du sujet!

POTHIN.

Je ferai grâce à tout en vertu de votre obéissance et pour prix de votre bonne volonté. *(En s'adressant aux chrétiens.)* Allons, mes enfants! à table! et bénissons pour la dernière fois le Seigneur pour les dons terrestres que sa main libérale veut bien encore nous offrir. Mais Blandine n'est pas ici! Oh! pourquoi tarde-t-elle tant à venir nous rejoindre? *(En lui-même.)* Lui serait-il arrivé quelque fâcheux accident? je ne sais; mais, depuis quelques instants, je tremble pour cette douce enfant, et tandis que mes lèvres profèrent des mots indifférents, mon cœur ne cesse de prier pour elle.

PONTIQUE, *vivement.*

Père! Voici Blandine!

SCÈNE II.

LES MÊMES, *plus* BLANDINE.

BLANDINE, *arrivant sur la scène et se rendant auprès de Pothin.*

Oui, oui, me voici!

POTHIN.

Ah! bien, ma fille! je t'attendais avec une grande impatience; rien de nouveau, n'est-ce pas?

BLANDINE.

Non, mon père; mais dites-moi, je vous prie, que faisiez-vous, il y a quelques instants?

POTHIN.

Je priais pour toi, mon enfant.

BLANDINE.

Oh! je savais bien qu'une force supérieure veillait sur moi. Oh! merci! mon Dieu, et vous aussi, mon père, merci! oui, merci! Maintenant tout est consommé, je puis mourir heureuse, car par vos prières j'ai été victorieuse de l'enfer et j'ai vaincu Satan.

POTHIN.

Gloire à Dieu! Gloire au Très-Haut! A table mes enfants! et toi, Sancte, va dire au géôlier qu'il peut laisser entrer les visiteurs.

SANCTE.

J'y vais, père.

SCÈNE III.

LES MÊMES, *plus* LES VISITEURS.

(Sancte est de retour; une foule de gens de tout âge et de tout sexe, hommes, femmes, enfants, esclaves et soldats, se précipitent en ces lieux, en conservant néanmoins le silence et le respect que les chrétiens doivent leur imposer. Les chrétiens sont debout, autour de la table. Pothin au milieu, Sancte à sa droite et Blandine à sa gauche. Alexandre et Épipode occupent les deux bouts de la table.)

POTHIN, *debout et les mains levées vers le ciel.*

O Dieu tout-puissant, créateur du ciel et de la terre! Bénissez-nous, bénissez aussi ces dons terrestres que nous allons recevoir de votre main libérale, et faites que nous participions bientôt au banquet céleste que vous réservez à vos élus, dans votre royaume éternel!

LES CHRÉTIENS.

Amen.

(Pothin et les chrétiens sont assis, et le repas a commencé; les chrétiens se contentent d'un peu de pain et de quelques gouttes de vin. On distribue au peuple qui les entoure les mets de ce repas fastueux.)

POTHIN.

Allons, mes enfants, gardons le silence et écoutons avec recueillement les chants qu'Épipode et Alexandre vont nous déclamer et qu'ils ont composés cette nuit.

(Alexandre et Épipode se lèvent, et s'avancent au milieu de la scène.)

ÉPIPODE.

Frère, à moi maintenant les plaisirs et la gloire!
J'ai vingt ans, je suis libre, et je veux que l'histoire
Apprenne, avec orgueil, à la postérité
Les exploits d'Épipode et ce nom redouté;
Je veux, cueillant les fleurs qui pour moi sont écloses,
Des lauriers pour mon front et pour mon cœur des roses!
Oui désormais, Bacchus, Mars, Vénus, Apollon
Seront les compagnons de mes jeunes années;
Je consacre mes nuits aux plaisirs, mes journées
Je les donne au fils de Junon.

ALEXANDRE.

Oh! non, n'abaisse pas tes regards sur la terre;
Hélas! frère, car là pour nous tout est mystère;
Là tout est vanité, ténèbres et douleur;
Là, rien ne peut combler les vides de ton cœur.
Pour le rassasier ce cœur inexplicable,
Avide de bonheur, d'amour insatiable,
Il faudrait un torrent d'embroisie et de miel,
Un fleuve toujours pur de joie et d'allégresse,
Un océan de gloire, un monde de richesse.

ÉPIPODE.

Plus encore!

ALEXANDRE.

Il faudrait le Ciel!

Oui, le Ciel! et c'est là le seul but de ta course,
Illustre voyageur; car ce n'est qu'à la source
Des fleuves éternels que tu peux espérer,
En t'abreuvant un jour, de te désaltérer.
Fuis loin du lac impur, dont les ondes amères
Ne peuvent que t'offrir des plaisirs éphémères.
Monte, monte plus haut, va dans l'immensité,
Et puisque l'univers, et le temps, et l'espace,
Pour contenir ton cœur, n'ont pas assez de place,
Donne lui l'immortalité.

ÉPIPODE.

Oui, l'immortalité! mais sais-tu que la flamme
Qui t'éclaire, t'anime et qu'on appelle *l'âme,*
Va descendre bientôt dans ce gouffre béant
Où tout est confondu dans la nuit du néant?
Que ton corps deviendra sous une froide pierre
La pâture des vers, puis un peu de poussière?
Agamemnon, César, Platon, Confusius,
Princes, rois, empereurs, législateurs et sages,
Héros de tous les temps, savants de tous les âges,
Dites, qu'êtes vous devenus?

Leur poudre est réunie à la poudre féconde
Qui doit renouveler, et sans cesse, le monde.
La terre n'est pour tous qu'un immense cercueil.
Écate éclaire, hélas! sous ses voiles de deuil,
De ses pâles lueurs sombres, mystérieuses,
Des ruines toujours, toujours silencieuses.
Tout ce qui brille ou vit dans ce vaste univers
Dans la nuit du chaos tour à tour doit descendre,
Tôt ou tard l'aquilon en confondra la cendre
Avec le sable des déserts.

Mortel présomptueux, oh! devant ces ruines
Abaissant tes regards, abjure ces doctrines
Qu'inventèrent la peur et la crédulité.
En face de la mort, le mot *éternité*
N'est-il pas prononcé par ton orgueil insigne?

ALEXANDRE.

Malheureux! que dis-tu? non, la mort est le signe
De l'immortalité qui brille sur ton front,
La tombe est ton berceau, la mort une espérance.
Mortels, pensons-y bien, l'éternité commence
Au froid chevet du moribond.

ÉPIPODE.

O frère! es-tu bien sûr de ce que tu m'avances?
Qui te dit que je suis immortel?

ALEXANDRE.

La science,
Ce flambeau que tu prends pour guider ta raison.

ÉPIPODE.

Socrate me dit oui, mais Lucrèce dit non.
Ai-je droit de choisir entre ces deux grands maîtres?
Tous deux ont des autels, tous deux ont des grands-prêtres;
Ils ont tous deux partout de nombreux partisans,
Des détracteurs fougueux, des défenseurs ardents.
Mais moi, dans cette lutte, hélas! interminable,
Quel parti puis-je prendre? O déesse implacable!
Toi que le ciel créa pour régner sur mon cœur,
Auguste vérité, viens dissiper l'erreur.
Viens, dis-moi, que faut-il que je croie?

ALEXANDRE.

O mon frère!

N'avons-nous pas ici, même sur cette terre,
Un gage précieux de l'immortalité?
Une image pour nous sensible, irrécusable,
De ce bonheur sans fin, de ce rêve admirable?
Au ciel est la réalité.

Pendant quatre-vingts ans, le glorieux Homère
Vécut seul, méconnu sur cette triste terre,
Et l'on vit ce vieillard, une lyre à la main,
Errer par les cités, mendiant un peu de pain.
Mais l'esclave a brisé la chaîne qui l'opprime;
Mais la mort a frappé son illustre victime,
Et le nom vénéré de ce divin flambeau
N'a brillé qu'en passant par la nuit du tombeau.
Viens, Homère, répondre à la voix qui t'appelle :
Qu'a fait la mort sur toi? Dans sa serre cruelle
A-t-elle enseveli ta gloire et ton renom?
Avons-nous oublié ton Iliade? Oh! non;
Des siècles sont passés, et des siècles encore
Passeront à leur tour, et la Grèce t'honore;
Plus tard, peuples et rois, avec humilité
Viendront tous à leur tour t'apporter leur hommage.
Oui, tu vivras toujours! N'est-ce pas là le gage
Déjà de l'immortalité?

ÉPIPODE.

Homère! Homère est mort! Dans une étroite fosse
On descendit un jour cet immense colosse,
Et depuis cinq cents ans ce luth harmonieux,
Cet illustre captif est là silencieux.

ALEXANDRE.

Oui! mais ce qui conçut et dicta l'Odyssée,
Ce feu pur et subtil qu'on nomme la pensée,

Ce feu qui peut, pareil au luteur imprudent,
Combattre avec son Dieu, qui le prie ou le brave,
Serait-il devenu le malheureux esclave
Ou de la mort ou du néant?

Ce qui peut contempler, expliquer et comprendre
Les lois de la nature, et ce qui peut descendre
Dans le fond des enfers, ou monter radieux
Sur l'aile de la foi jusqu'au plus haut des cieux;
Ce qui peut concevoir ce Dieu, ce Dieu lui-même,
Que je ne comprends pas et cependant que j'aime.
(Oui j'aime, et cet amour prouve bien autrement
L'existence d'un Dieu qu'un froid raisonnement.)

Ce cœur dont rien ne peut combler le vide immense,
Qui vit d'illusions et surtout d'espérance;
Ce cœur enfin, géant sublime en son orgueil,
Qui veut dans le ciel même aller chercher sa place,
Peut-il être enfermé dans cet étroit espace
Que nous appelons un cercueil?

ÉPIPODE.

Sur l'instrument plaintif la mort est glorieuse.
Malheur à toi! Malheur! ô lyre harmonieuse,
Avec laquelle, hélas! le Prophète chantait!
Que seras-tu bientôt? Pour les vents un jouet,
Un monceau de poussière, et puis..... rien.....

ALEXANDRE

Et sans doute,
Lorsque le voyageur a terminé sa route,
Qu'il arrive à son but, chargé de son butin,
Lorsqu'il est dans les bras de sa famille heureuse,
Il jette loin de lui la sandale poudreuse
Et le bâton du pèlerin.

Homère a terminé son œuvre colossale,
Sa gloire est immortelle et son nom radieux ;
Pour le combat arrive enfin l'heure finale,
Le soldat va cueillir ses lauriers précieux.
Mais il faut une proie à la tombe cruelle ;
Homère lui jeta sa dépouille mortelle ;
Un cadavre est en terre, Homère est dans les cieux !
Oui, triste détracteur de ma noble origine,
O toi devant lequel la science s'incline,
Homme voluptueux, fourbe épicurien !
De ton corps si chéri que reste-t-il ? Plus rien !
Mais tes œuvres sont là, ces divines parcelles
De ton esprit subtil déposent contre toi ;
Je lis et je relis tes œuvres immortelles,
Et ton froid athéisme augmente encor ma foi.
Non, Ovide, Virgile, harmonieux poëtes ;
Aristote, Platon, Sénèque, grands prophètes,
Cette source d'eau vive et ce feu dévorant
Qui coulaient à longs flots de votre cœur ardent,
Ne peut craindre du temps le ruineux ouvrage ;
Et vos noms glorieux, répétés d'âge en âge,
Possèderaient eux-même ici l'éternité,
Si Dieu voulait un jour donner sur cette terre
L'éternité, la vie, à l'inerte matière,
Comme il lui donna la beauté.

ÉPIPODE.

Du savant glorieux oui l'âme est immortelle ;
L'âme, ce feu sacré, cette flamme éternelle,
Heureuse dans le ciel, de Dieu, son créateur,
En adorant l'essence, admire la splendeur.
Mais moi, déshérité, perdu dans ce bas monde,
Qui vécus ignoré, qui dans la nuit profonde

Vais descendre bientôt, quel sera mon destin?
Moi qui n'aurai, malgré les vents et la tempête,
Avec le froid des ans, pour reposer ma tête,
Que la pierre du grand chemin,
Que dois-je devenir?

ALEXANDRE.

Bénis la Providence.
Ayant un même but, une même espérance
Peut réjouir le cœur de tout homme chrétien;
Car l'esclave est l'égal du fier patricien,
L'égal aux yeux de Dieu. Oui, mon frère, nous sommes
Tous égaux, et le Christ est mort pour tous les hommes.
Jésus-Christ, ce vainqueur de la mort, des enfers,
Dit à tous, peuples, rois : Les cieux vous sont ouverts!
Oh! gloire, honneur, amour à ce Sauveur suprême!
Car un jour réunis dans le sein de Dieu même,
Des peuples et des rois les sacrés bataillons
Chanteront, tour à tour, dans la cité nouvelle :
Mort, ô mort! qu'as-tu fait de ta flèche cruelle?
Que fais-tu de tes aiguillons?

ÉPIPODE.

Merci, mon Dieu, merci! de ton amour pour l'homme,
Et puissions-nous bientôt, dans ton vaste royaume,
Te dire encor, Seigneur, et toujours, à jamais :
Merci de ton amour! Merci de tes bienfaits!

ALEXANDRE.

Merci, mon Dieu! merci des douleurs passagères,
Que m'offre ta justice, ainsi qu'à tous mes frères!
Puisque nous espérons qu'en l'éprouvant ainsi,
Ce cœur, hélas! souillé malgré nous par la fange,

Pourra peut-être un jour chanter avec l'Archange :
Merci, mon Dieu! toujours merci!

(Le repas est terminé, les chrétiens sont debout, Pothin s'avance au milieu de la scène.)

POTHIN.

Et moi aussi, mes enfants bien-aimés, je vous remercie; oui, je remercie également, et du plus profond de mon cœur, mon Maître et mon Seigneur. O mon Dieu, grâces vous soient rendues! Vous m'avez donné, sur cette terre, bien des tribulations, bien des angoisses et bien des tourments; vous m'avez confié les soins de l'apostolat; ma route, sur cette terre d'exil, a été bien longue et parsemée d'épines bien cruelles; mon fardeau était bien lourd, et il ne m'a pas été permis de me reposer souvent sur la pierre du grand chemin! Mais, mon Dieu! vous m'avez aussi donné des enfants bien dignes de vous et bien dignes de mon cœur; et pour ces dons précieux, je vous bénis maintenant, et vous bénirai à l'heure de ma mort! Merci, mon Dieu, et mille fois merci!

SCÈNE IV.

LES MÊMES, *plus* UN LICTEUR.

LE LICTEUR.

Allons, chrétiens! En voilà bien assez de paroles inutiles! Les jeux ont déjà commencé dans l'arène, et il est temps de penser sérieusement à venir offrir de l'encens à nos dieux immortels, ou bien à se préparer à mourir.

POTHIN.

Nous sommes déjà prêts à mourir, mon ami; dites-nous

seulement le lieux où nous devons nous rendre et le genre de mort qui nous est réservé.

LE LICTEUR.

Ce sera bientôt fait. *(Il déroule un parchemin et lit à haute voix.)* « La clémence de l'invincible Auguste Marc-
» Aurèle ordonne que ceux qui auront refusé d'obéir aux
» sacrés édits, et n'auront pas voulu sacrifier aux dieux,
» protecteurs de la patrie, soient soumis aux tortures les
» plus cruelles, et que, sur leur refus opiniâtre, ils soient
» punis de mort. En vertu de cette ordonnance, moi, gou-
» verneur de cette province, je veux qu'aujourd'hui, jour
» commémoratif de l'entrée triomphale de César-Auguste
» dans les Gaules, les chrétiens soient donnés en spectacle
» aux habitants de Lyon, et qu'ils viennent prolonger et
» varier par leur présence et leur adresse les jeux que
» nous offrirons au public vers la sixième heure du jour,
» dans l'enclos de notre vaste amphithéâtre. Sancte, Ma-
» ture, Atale, Alexandre, Pontique et Blandine seront
» exposés aux bêtes. Le vieux Pothin, s'étant rendu indi-
» gne de tout pardon par son caractère opiniâtre et jusqu'ici
» intraitable, et regardé comme inutile à cause de la fai-
» blesse de sa constitution et de son grand âge, sera jeté
» dans un cachot noir et étroit jusqu'à extinction de vie.
» Ceux des autres chrétiens qui auront résisté aux tortures
» et ne seront pas morts dans la prison, auront, en qualité
» de citoyens romains, la tête tranchée. »

(Le Licteur et quelques-uns de ses soldats crient : Vive l'Empereur! Vive le Gouverneur!

Pendant la lecture de cet arrêt, les visiteurs gardent un morne et profond silence; les chrétiens, au contraire, manifestent leur joie, en s'embrassant les uns les autres; Pontique, transporté de bonheur, se précipite dans les

bras de Blandine. Après les cris vociférés des soldats, les chrétiens, les yeux et les mains levées vers le ciel, se contentent de dire à haute voix) : Gloire à Dieu! Gloire au Christ!)

POTHIN, *s'adressant aux visiteurs.*

Mes amis, nous allons vous précéder de quelques jours dans ce lieu où tôt ou tard vous viendrez tous nous rejoindre; oui, tous! car à tous je vous donne rendez-vous là-haut dans le ciel! Puissent mes vœux s'accomplir! puissiez-vous répondre à l'appel que je vous ferai dans cette demeure éternelle! Recevez mes dernières bénédictions et nos derniers adieux!

(Il se passe ici des scènes muettes, paisibles, mais touchantes. Sur le second plan, les chrétiens, joyeux, reçoivent les embrassements des visiteurs tristes et désolés, et les soldats eux-mêmes, chargés de les conduire au supplice, viennent baiser les chaînes de leurs captifs. Sur le premier plan, Pothin occupe le milieu de la scène; il reçoit les embrassements d'Irénée, qui se retire promptement; après lui, des femmes, portant de petits enfants dans leurs bras, s'approchent pour demander et recevoir la bénédiction de ce saint évêque. A la droite de Pothin se trouve Pontique; des vieillards se prosternent aux genoux de cet enfant, qui les relève avec respect et les embrasse cordialement. A gauche, on voit Blandine; Silvius, enveloppé d'un grand manteau, s'avance vers elle; celle-ci lui présente sa main gauche à baiser en signe de réconciliation, et de sa main droite elle lui montre le ciel. Après quelques-unes de ces scènes, les soldats s'approchent sévèrement des chrétiens et leur posent leur main droite sur l'épaule gauche. — La toile tombe.)

FIN DU QUATRIÈME TABLEAU.

CINQUIÈME TABLEAU.

Mêmes décors que pour le premier tableau. Au lever du rideau, Julia est assise auprès d'une table; elle tient dans les mains quelque ouvrage de femme. Silvius se promène à grands pas dans la salle.

SCÈNE I.

JULIA, SILVIUS.

JULIA, *s'adressant à Silvius.*

Mais que vois-je? Quelle est la cause, Seigneur, de ces mouvements, de cette agitation fébrile que je lis dans vos yeux? Pourquoi ce trouble dans vos regards, ces impatiences dans vos paroles, ce tremblement dans vos membres?

SILVIUS.

Eh quoi! bonne Julia, votre esclave, cette douce et timide enfant que vous aimiez tant, votre chère Blandine enfin, va mourir, et vous me demandez la cause de mes ennuis!

JULIA.

Hélas! il n'est que trop vrai, cette bonne créature va mourir! Cette femme, que je regardais non comme une esclave, mais comme une amie sincère et dévouée, est perdue pour moi, perdue pour toujours, et mon cœur se déchire de douleur à cette pensée désespérante! Mais que vous importe à vous la perte de cette enfant? D'où vient que vous avez en ce moment, non pas des ennuis, c'est-à-dire des contrariétés frivoles et passagères, mais bien une vraie et profonde douleur? Serait-ce, par hasard, le sacrifice de quelques pièces d'or qu'il vous faudra donner pour acheter une autre esclave qui vous plonge dans une si grande tristesse?

SILVIUS, *en affectant plus d'indifférence.*

Vous savez, ma très-chère sœur, que l'avarice n'est pas un de mes défauts, et je puis vous assurer, sans me mentir à moi-même, que je donnerais pour le rachat de Blandine le centuple de ce que peut valoir une esclave. Vous m'avez si souvent entretenu de ses vertus, vanté tant de fois les charmes répandus sur sa personne; vous m'avez tellement relevé les hautes qualités de son cœur, que je n'ai pu me défendre de quelque attachement pour votre protégée.

JULIA.

Cependant vous étiez envers elle.....

SILVIUS.

Injuste, taquin et quelquefois méchant; mais après tout, ce n'était qu'une esclave, et ne me devait-elle pas obéissance et respect?

JULIA.

Je ne prétends pas, Seigneur, contester ici vos droits; je veux seulement mettre en relief votre conduite d'aujourd'hui et la comparer à celle des jours précédents, je la trouve, permettez-moi de vous le dire, fort étrange.

SILVIUS.

Mais quand, dans ce monde, on considère sérieusement tout ce qui se passe, tout ne vous paraît-il pas étrange ? Et qu'y a-t-il de plus étrange que notre raison quand, dans la folie de son orgueil, elle veut approfondir et nos vices, et nos vertus, et les mystères de la vie et de la mort, qui sont pour nous tous des secrets impénétrables ?

JULIA.

Allons, mon noble frère, soyez sincère, avouez que vous êtes moins méchant que vous ne voulez le paraître quelquefois, et que sous les dehors d'une sévérité outrée, vous nourrissiez intérieurement pour Blandine un cœur tendre et compatissant.

SILVIUS.

Et, diriez-vous vrai, ma noble sœur, quel mal y aurait-il ? Ne pouvais-je pas honorer de mon estime, tout aussi bien que vous, cette douce et charmante enfant ?

JULIA.

Quant à moi, je confesse que, par ses soins assidus et éclairés, je suis presque chrétienne, et comme le christianisme nivelle toutes les conditions, je pouvais et je devais, en vertu de ma foi à cette nouvelle doctrine, me permettre de la considérer, sinon comme une égale devant la loi, du moins comme une sœur devant Dieu.

SILVIUS.

Le paganisme, il est vrai, exalte le noble patricien jusqu'à la divinité, tandis qu'il abaisse l'esclave jusqu'à la condition de la brute ; pourtant, vous le savez, nos dieux n'ont pas dédaigné de jeter quelquefois un regard de complaisance sur leurs créatures les plus infimes, et l'histoire de la belle Europe nous apprend que le dieu qui lance la foudre s'est abaissé.......

JULIA, *allant au milieu de la scène.*

Et le noble Silvius......

SILVIUS *avec exaltation.*

Est descendu jusqu'à la condition d'un vil esclave pour élever Blandine jusqu'à lui. Oui, ma sœur, les vertus et la beauté de cette femme ont su me charmer et captiver mon cœur, et pour elle je donnerais ma vie s'il le fallait. Oui! puisqu'il faut tout vous dire, eh bien! je l'aime et l'aimerai toujours!

JULIA, *inquiète plus que surprise.*

Et Blandine savait-elle?

SILVIUS.

Blandine a repoussé mes vœux! Blandine a résisté à mes séductions! Blandine a triomphé de mon poignard! et Blandine va mourir, frappée par la main du bourreau qu'a dirigée sur elle l'imprudence d'un cœur trop passionné!

JULIA.

Expliquez-vous, Seigneur; qu'avez-vous fait?

SILVIUS.

J'ai prié, j'ai supplié; Blandine m'a résisté, et je l'ai livrée, je l'ai vendue!

JULIA.

Livrée! vendue!

SILVIUS.

Oui, livrée! vendue, elle et tous ses partisans, au procurateur de Lyon, pour assouvir mon implacable vengeance!

Oui, c'est moi qui ai découvert le dernier asile où ces pieux enfants du Christ étaient réunis ; c'est sur ma dénonciation qu'ils ont été faits prisonniers, et maintenant ils vont tous être livrés à la mort!

JULIA.

Cruelle passion! ô Seigneur! qu'avez-vous fait? Eh quoi! vous avez livré le sang de l'innocence! vous avez, par une basse vengeance, brisé des jours qui nous étaient si chers! O Seigneur! votre conduite est-elle bien digne d'un noble et vaillant chevalier?

SILVIUS.

Eh! Madame, vous n'êtes pas tout à fait chrétienne ; vous êtes encore comme moi ensevelie dans les épaisses ténèbres de l'idolâtrie, et si vous n'avez pas mes vices, vous pouvez du moins comprendre mes faiblesses. Il conviendrait donc bien mieux à votre prudence et à votre sagesse de me plaindre que de me condamner.

JULIA.

Mais s'il en est ainsi, pourquoi rester ici inactif? pourquoi ne pas tenter encore un dernier effort?

SILVIUS.

Tout a été fait, tout a été essayé, pour réparer mon imprudence! J'ai brisé aux pieds de cette femme mon épée de chevalier et abaissé mon orgueil de patricien! J'ai employé vainement tous les moyens qui étaient en mon pouvoir, et maintenant il ne me reste plus qu'une seule espérance.

JULIA.

Laquelle?

SILVIUS.

Blandine a perdu par l'effusion de son sang une grande

partie de ses forces; des tortures nouvelles, plus raffinées encore, pourront peut-être triompher de ses répugnances à sacrifier aux idoles, et si elle obéit aux ordres du gouverneur, elle pourra nous être rendue.

JULIA.

Que vous connaissez mal les chrétiens! Apprenez donc que les tortures, loin d'abattre leur courage, ne font que l'augmenter; que dans les souffrances ils puisent une sève et une vigueur inconnues de nous autres païens et dont ils possèdent seuls l'intelligence; que leur foi et leur amour pour leur Dieu suffit et au delà pour les faire triompher de tous les obstacles devant lesquels viendrait se briser mille fois notre volonté à nous.

SILVIUS.

Que faire, hélas! que faire?

JULIA.

N'avons-nous pas à Rome des amis puissants et dévoués; ici à Lyon, de nombreux esclaves et des soldats courageux et bien disciplinés?

SILVIUS.

C'est vrai, eh bien?

JULIA.

Il faut sauver Blandine malgré elle!

SILVIUS.

Mais, en effet..... ce que je voulais faire, il n'y a que quelques instants, au nom de ma passion, je puis le faire encore au nom de la justice. Oui, je vais trouver le gouverneur. Mes gens sauront bien me frayer un passage à travers cette foule compacte qui doit à cette heure encombrer les abords de la demeure de ce tyran impérieux, et moi, je saurai bien le contraindre à différer de quelques jours l'exécution de l'arrêt de mort qu'il vient de prononcer. Plus tard, j'ose l'espérer, l'empereur fera grâce à une esclave en faveur des services de son maître.

JULIA.

Allez, mon noble frère! allez; mais hâtez-vous! Quelques instants encore, et il sera trop tard! Allez, et rachetez par votre courage et la valeur de votre bras ce que vous avez perdu par la faiblesse de votre cœur. Pour moi, hélas! j'adresserai au Ciel de ferventes prières, pour que le Dieu des chrétiens daigne couronner d'un brillant succès la hardiesse de votre généreuse entreprise.

SILVIUS, *frappant quatre coups sur le bouclier placé au milieu du trophée d'armes que l'on aperçoit au fond de la salle.*

A moi, les compagnons de mes glorieux exploits! à moi mes esclaves fidèles! à moi, vous tous mes sujets dévoués et obéissants!

(Au signal donné, une foule d'esclaves et de soldats préposés à la garde de ce palais se précipitent dans la salle.)

SCÈNE II.

SILVIUS, JULIA, PRIME, ESCLAVES ET SOLDATS.

SILVIUS, *une épée à la main.*

Venez, mes amis; suivez-moi! et par nos efforts savamment combinés nous sauverons votre chère compagne, nous sauverons Blandine.

PRIME.

Non, Seigneur!

SILVIUS.

Que dis-tu?

PRIME.

C'en est fait! La colombe s'est enfuie victorieuse des serres du cruel vautour; l'esclave a brisé la chaîne qui l'opprimait, et l'ange du ciel est retournée dans la céleste demeure, où elle célèbre maintenant par les chants d'allégresse les plus magnifiques son éclatante victoire et sa liberté.

JULIA.

Eh quoi! déjà l'infortunée Blandine......

PRIME.

N'est plus!..... Oui, Madame!..... Il m'a été donné, après avoir pu justement apprécier ses mérites durant sa vie privée, de pouvoir admirer l'héroïsme de son courage au moment de la mort!

SILVIUS.

Donne-nous quelques détails sur cet événement déplorable.

(A ces mots, deux esclaves avancent deux siéges, sur lesquels viennent s'asseoir Silvius et Julia. — Pendant le récit de Prime, Silvius, recueilli en lui-même, garde un morne silence. On voit, à son attention soutenue, que les vérités chrétiennes l'ébranlent et pénètrent insensiblement dans son cœur. Julia, au contraire, s'abandonne à la douleur, qu'elle manifeste par des larmes, des soupirs et des sanglots.)

PRIME.

Je ne vous dirai, Seigneur, que quelques mots sur les chrétiens qui ont précédé Blandine dans le séjour de l'immortalité. Ce sont toujours ces mêmes hommes qu'on a déjà vus à Smyrne, à Corinthe, à Rome, souffrir avec une constance à toute épreuve et mourir avec joie. Dans ces hommes qui savent offrir leur sang et leur vie pour la défense et l'extension de leur foi, on ne voit pas des fanatiques, dupes de leur imagination, ou des partisans obstinés de je ne sais quel extravagant sophiste. Ces hommes sont après tout convaincus de faits que nous ne saurions nier; ils meurent pour leur Christ, qui s'est révélé par une puissance divine et dont nul n'a pu contester les prodiges. Avouons-le, Seigneur, les chrétiens méritent toute notre considération, et ont droit à nos respects; car, aussi bons citoyens qu'intrépides soldats, maîtres équitables, serviteurs fidèles, ils ne se passionnent que pour la vérité et la vertu; ils ne réclament que le droit d'agir d'après leur conscience et de pouvoir mettre à jour leur ardente charité. Honneurs, plaisirs, richesses, ils foulent tout aux pieds; ni l'âge, ni le sexe, ni le rang, rien ne les arrête; ils ne reculent point devant les chevalets, les fouets, les brasiers ardents et mille autres instruments de torture, pas même devant le sacrifice de leur vie, pour atteindre leur but, qui est par delà ce monde, le ciel!

SILVIUS.

Je rends hommage aux vertus des chrétiens, j'admire leur courage; mais ne voyons-nous pas tous les jours dans l'arène d'intrépides gladiateurs envisager la mort sans sourciller et quitter la vie sans regrets?

PRIME.

C'est vrai, Seigneur. Avouons-le pourtant : pour quelques gladiateurs dont le courage pourrait d'ailleurs s'expliquer, comptez, si vous le pouvez, ces milliers d'athlètes que fournit le christianisme! Et puis, quelle différence d'attitude en présence du trépas! Le gladiateur, l'œil en feu, les membres crispés par la rage, défend avec une force qui nous paraît surhumaine, mais qui n'est qu'un effet de son désespoir, un reste de cette vie qui va bientôt lui échapper; le chrétien, au contraire, après être resté calme au milieu des outrages, impassible en face des instruments de torture, souffre avec joie et meurt avec un sourire qui plaît au cœur.

JULIA.

D'où peut donc leur venir cette force vraiment surnaturelle?

PRIME.

Si, par un effet de leur constitution physique, ces hommes de chair et d'os comme nous semblaient céder à la violence des maux et s'abandonner au découragement, une parole tombée de leurs lèvres, mais partie du fond du cœur, suffisait pour leur rendre toute la vigueur primitive, et ils reprenaient, après ce moment de faiblesse et d'hésitation, une force et un courage plus intrépides que jamais. « Je suis chrétien! s'écriaient-ils. Il ne se commet point de mal parmi nous! Oui, je suis chrétien! » Aussitôt les souffrances s'arrêtaient comme par enchantement et les suppliciés paraissaient ne plus éprouver de douleur. Je suis chrétien! et à ce mot céleste, tout-puissant, on croyait entendre des voix étranges sortir des cavernes sépulcrales enfoncées dans les entrailles de la terre, on croyait voir le ciel s'entrouvrir pour donner passage à un rayon lumineux destiné à ceindre d'une auréole de gloire le front de ces illustres confesseurs. Oui, Seigneur; ce jeune esclave affranchi, objet de nos affections, se trouvait lui aussi en ces lieux, et cet aimable enfant que chérissait Blandine, et qui, grâce à votre bienveillance, trouvait ici un abri et du pain, Pontique a puisé dans les regards de celle qu'il appelait sa sœur, sa mère, et dans la puissance de ce mot, une force surnaturelle et une constance qu'étaient loin de comporter la délicatesse de son tempérament et la faiblesse de son adolescence.

JULIA.

Quoi! Pontique lui aussi?

PRIME.

Pontique, digne émule des plus illustres défenseurs de cette religion nouvelle, est mort en bénissant ses persécuteurs et en chantant les louanges de son Dieu.

JULIA.

Et Blandine?

PRIME.

Cinq cadavres étaient gisants sans mouvement et sans vie sur le sable de l'arène empourprée de leur sang. Blandine, toujours debout, était présente à ce spectacle horrible; car, par un raffinement de cruauté sans exemple, on l'avait choisie, comme étant la victime la plus faible, pour être témoin des souffrances de ses compagnons et pour couronner de son sang cette œuvre de barbarie. Oh! Seigneur, qu'elle était belle! qu'elle était majestueuse cette femme qui, comme une mère compatissante et esclave de son devoir, comprenait toute l'importance de la haute mission dont Dieu l'avait dignement chargée! On l'entendait encourager de ses paroles pleines d'amour, de foi et d'espérance, ceux de ses enfants qui lui paraissaient faibles ou chancelants; on la voyait bénir de ses mains meurtries et chargées de lourdes chaînes ceux qui, victorieux, venaient à ses pieds rendre le dernier soupir. Vous l'auriez vue de ses regards brillants et radieux montrer à tous le ciel, en signe d'espérance, le ciel comme le lieu commun de leur prochain rendez-vous. Hélas! Seigneur, après ces tendres et touchants épanchements de son cœur, ô douleur! on la dépouille de sa tunique; on l'attache à un poteau, les bras développés en croix, recouverte seulement de ses beaux cheveux noirs, qui retombaient en flocons longs et soyeux, comme placés par la main d'un ange, sur sa chaste poitrine, rougie du sang de ses récentes blessures déjà cicatrisées, mais rouvertes par la prévoyance divine pour lui servir de voile et dérober ainsi aux regards curieux et lubriques le sein chaste et pudique de cette vénérable vierge. C'est en cet état qu'elle a été livrée à la fureur des infâmes gladiateurs; on lui a appliqué des lames brûlantes de cuivre, suivies de coups meurtriers qui, tombant et retombant sur ce corps délicat, faisaient voler en lambeaux ses chairs calcinées ou les couvraient de ruisseaux de sang. De nouveaux instruments de torture, plus affreux encore, sont vainement essayés tour à tour, pour lasser sa patience et briser son caractère de fer; mais qu'importe! tout cède à la puissance de sa volonté. Dieu avait voulu que la plus faible et la plus sensible de ses créatures fût celle qui exaltât au plus haut degré sa gloire et sa magnificence. Enfin, les bourreaux, étonnés et lassés de tant de résistance, s'avouent vaincus, abandonnent la victime et se retirent honteux de leur défaite.

JULIA.

Oh! pauvre enfant! quelles souffrances!

PRIME.

Cette retraite inattendue transporte de rage et de colère un peuple insensé, qui s'écrie, en trépignant de fureur : La chrétienne aux bêtes! qu'on lâche les bêtes! Aussitôt un cri strident frappe nos oreilles; les portes d'airain qui retenaient captifs ces redoutables habitants du Nord, roulent sur leurs gonds rouillés par la boue et le sang, et déjà un lion et une panthère d'une taille énorme, renommés par leur férocité indomptable et par leur audace effrénée dans de tels combats, se sont précipités dans l'arène en poussant des rugissements affreux. Le sol semble s'affaisser sous le poids de ces deux monstres, qui se livrent à des bonds précipités et cadencés, en parcourant l'arène en tout sens avec l'ardeur d'une bête qui vient de recouvrer sa liberté depuis longtemps perdue; puis ils s'arrêtent, respirent à pleins poumons l'air pur qui descend de la colline, et réchauffent aux rayons du soleil leurs membres énervés et engourdis par un trop long repos. Cependant ils ont aperçu la victime qui est offerte à leur gloutonnerie. Aussitôt ils se préparent au combat, ils avancent; mais, surpris de ne rencontrer de sa part aucune résistance, ils tournent plusieurs fois autour d'elle, afin de prévenir le piége qu'ils croient leur être tendu. Ils approchent de plus près, et libres enfin de toute crainte et la gueule entr'ouverte, ils savourent avec une joie farouche un avant-goût de cette satisfaction inénarrable qui va leur être donnée de broyer sous leurs dents meurtrières les membres palpitants de cette créature humaine, dont le sang va étancher la soif qui les dévore et la chair assouvir leur appétit insatiable. Le peuple présent à ce terrible drame est là, lui aussi, pâle d'émotion, immobile de terreur, muet d'admiration, ne perdant aucun de leurs mouvements. Dans l'attente du dénouement qui se prépare, aux clameurs et aux bruits confus a succédé le silence effrayant des tombeaux, et l'on n'entend, à ce moment solennel, que les paroles de paix et d'amour qui tombent des lèvres pâles et presque sans vie de la chaste Blandine, demandant humblement à ce Dieu, pour la gloire duquel elle va faire le sacrifice de sa vie, le salut de ses frères et le pardon de ses bourreaux.

JULIA.

O Christ! que ta religion est belle, et que tes enseignements sont admirables!

Prime.

Cependant le lion et la panthère avancent toujours, et déjà, oh! Seigneur, il me semble les voir, et j'en frémis encore d'horreur! prêts à se précipiter sur leur proie, ils sont là, accroupis à quelques pas de votre blanche colombe; ils sont là, l'œil en feu, la crinière hérissée, la poitrine haletante, mesurant d'un regard sûr, expérimenté, la distance qui les sépare de leur prochaine pâture; un seul bond leur suffit pour franchir l'espace. Déjà l'espoir les surexcite, une joie féroce les transporte; enfin, un dernier frémissement de leurs membres crispés annonce qu'ils vont s'élancer...... Mais, ô prodige admirable! ô spectacle étonnant! que vois-je? ces monstres, qui ne respirent que carnage, qui ne s'abreuvent que de sang; ces monstres qui brisent dans leurs cruelles étreintes les membres robustes des gladiateurs et leurs glaives tranchants; ces monstres, inaccessibles à toute crainte, insensibles à toute pitié, sont tout à coup frappés d'immobilité absolue. On les eût dit pris de vertige et paralysés de stupeur par les regards doux et bienveillants d'une femme, qui n'a pour toute défense que la modestie de ses yeux et la charité de son cœur. Que s'est-il passé dans ce moment suprême? qu'ont-ils vu? quelle est la voix secrète qui est parvenue jusqu'à leur oreille? Je l'ignore, et ne puis m'expliquer ce grand phénomène. Tout ce que je puis dire, c'est que, dominés par une force surnaturelle, peut-être par la peur, peut-être par l'émotion,.... Mais non! un tyran s'émeut-il jamais en face de sa victime? Ce n'est pas non plus la peur qui les clouait au sol, car ils ne tremblaient pas! car ils n'ont pas pris la fuite! car ils n'ont pas rugi! mais après quelques instants passés dans ce silence inquiétant, après cet acte d'adoration, oui, d'adoration! ces rois de la matière ont, dans la plus humble des filles de l'homme, exalté le roi de l'intelligence ; ils ont adoré dans la plus faible des créatures la puissance du Créateur ; puis ils se sont dressés, et sont venus, graves et majestueux, appliquer en signe de baiser, sur les pieds vénérés de cette noble fille du Christ, leurs lèvres frémissantes de respect, comme pour témoigner, par cet acte de soumission et d'hommage, qu'ils la regardaient pour leur souveraine légitime et absolue.

SILVIUS, *avec un air d'incrédulité.*

Que nous dis-tu là, Prime?

PRIME.

La vérité, Seigneur. Oui, j'ai vu! tous vos serviteurs ici présents ont vu comme moi! Cent mille spectateurs ont été témoins, tout aussi bien que nous, de la gloire du Dieu vivant et de la puissance des enfants du Christ!

SILVIUS, *s'adressant aux autres esclaves.*

Est-ce bien vrai?

UN ESCLAVE DE SILVIUS.

Oui, Seigneur, Prime a dit vrai, et nous tous ici présents nous confirmerons la vérité de son témoignage par un serment solennel, et s'il le faut, par l'effusion de notre sang.

SILVIUS, *s'adressant à Prime.*

Mais, à la vue d'un pareil prodige, qu'a dit, qu'a fait le peuple?

PRIME.

Ce que peut faire et dire un peuple aux mœurs dissolues et dépravées, abruti par ses mauvais penchants, à l'intelligence corrompue et obscurcie par un aveuglement fatal ; un peuple qui a vendu son âme au démon de l'orgueil, son cœur au dieu des plaisirs et à la déesse de la volupté, un peuple qui passe ses jours sur les gradins de l'amphithéâtre, qui consume ses nuits dans les folles joies de l'orgie; un peuple, enfin, qui, après s'être abandonné à toutes les turpitudes de la luxure, courbe lâchement son front sous un joug despotique, et ne marche qu'à la remorque de ce peuple que l'on appelle le *peuple-roi*. Après quelques instants de silence occasionné par la surprise et la stupéfaction, ce peuple, en trépignant de rage et d'impatience, a demandé un spectacle nouveau. Le lion et la panthère se sont retirés; un taureau gigantesque, au poitrail large, aux naseaux gonflés, aux cornes menaçantes, s'élance dans l'arène; et Blandine, enveloppée dans un réseau à larges mailles, est livrée à la fureur de ce nouveau persécuteur. Trois fois son corps délicat a été broyé sous les pieds de ce redoutable ennemi, trois fois il a été lancé dans les airs, et est venu se briser, en retombant, contre la pierre angulaire de l'amphithéâtre. Mais qu'importe!

JULIA.

Eh quoi! malgré tant de souffrances!

PRIME.

Blandine vit encore, Blandine prie toujours. Cependant le peuple se lasse d'un spectacle devenu pour lui trop monotone et qui ne peut plus désormais émouvoir son cœur blâsé par des excitations fortes et des dénoûments inattendus. Un cri de grâce est prononcé par quelques spectateurs. Aussitôt cent mille bouches le répètent à l'envi, et les échos de l'amphithéâtre y joignent leur voix puissante et sonore. Mais, Seigneur, ne vous y trompez pas, ce cri n'est pas l'effet de la pitié ni de la clémence. Non, non! un peuple qui a l'audace de répandre le sang de ses semblables n'a pas le courage de se montrer clément; un peuple qui se venge ne pardonne jamais. Ce cri ne doit pas rendre aux prisonniers la vie et la liberté, ce cri est un arrêt de mort. La puissance du Dieu vivant est établie sur la terre; la vengeance est assouvie, la passion satisfaite, et la chrétienne va mourir. Un homme, un gladiateur, descend à son tour dans l'arène, et, d'une main fratricide, armée d'un glaive étincelant, transperce le cœur de cette innocente victime, aussitôt son corps meurtri et défiguré, ainsi que ceux de ses valeureux compagnons, sont placés sur un bûcher ardent, et deviennent en un instant la proie des flammes. Voici, Seigneur, tout ce qui reste maintenant de votre esclave dévouée. *(A ces mots, Prime prend des mains d'un jeune esclave, qui est resté jusques-là caché derrière le groupe, une tunique empourprée de sang, et la présentant à Silvius.)* Voici sa tunique ensanglantée, que j'ai arrachée des mains d'une soldatesque effrénée, que j'ai défendue par la valeur de mon bras, payée son poids d'or, et je viens humblement la déposer à vos pieds.

SILVIUS, *vivement et allant au milieu de la scène.*

Non! non! c'est sur un autel que tu dois déposer ce trésor précieux, et c'est aux pieds de cet autel que je veux désormais apporter mes hommages et brûler mon encens. Il faut bien croire à la parole de ces hommes qui se font égorger pour preuve du témoignage qu'ils rendent à la vérité, et il faut bien se soumettre à la volonté de ce Dieu devant lequel, je le vois bien, tout tremble et obéit! O Blandine! du haut des cieux où tu règnes maintenant, daigne abaisser encore quelques instants tes regards sur la terre, contemple ton ouvrage, bénis tes frères dans une même foi, et prie, puisque tu possèdes la céleste patrie, pour nous, pauvres exilés! *(La tunique disparaît.)*

(En s'adressant à Commine.) Commine, toi qui sais unir

la légèreté de la gazelle à la prudence du serpent, transporte-toi dans les réduits obscurs et secrets de la prison de cette ville. Là, au fond d'un ténébreux et étroit cachot, tu trouveras un vieillard; raconte-lui fidèlement tout ce que tu sais, dis-lui ce que tu viens d'entendre, et prie-le instamment de t'indiquer par quel moyen il nous serait possible de parvenir jusqu'à lui, afin de pouvoir être admis au nombre des serviteurs du Christ. Va, hâte-toi; par ta prudence et ta célérité, tu accompliras les désirs de ton maître, et tu apporteras la joie dans le cœur du vénérable Pothin.

COMMINE.

Pothin ?

SILVIUS.

Oui.

COMMINE.

Hélas! il est trop tard, trop tard!

SILVIUS.

O ciel!

COMMINE.

En revenant de l'amphithéâtre où j'étais allé, moi aussi, par les ordres de ma noble maîtresse, j'ai appris que ce vieillard, cruellement maltraité par ses persécuteurs, venait de succomber aux blessures sans nombre qu'il avait reçues hier dans la soirée, lors de son arrestation.

SILVIUS *(en lui-même)*.

En effet, hélas! et c'est moi..... moi! *(En s'adressant à Julia.)* Ma sœur, ne connaîtriez-vous pas quelque autre chrétien qui pût nous venir en aide?

JULIA *pensive*.

Après Pothin, Blandine et Pontique, je connaissais encore Sancte.

COMMINE.

Mort !

JULIA.

Épagathe.

COMMINE.

Hélas !

JULIA.

Attale.

COMMINE.

Mort ! Tous sont morts !

SILVIUS.

Tous sont morts ! Mais avec eux va s'éteindre à tout jamais l'avenir de l'église du Christ ! Et cette religion, qui se montrait à ses adeptes comme immuable et éternelle, ne vit déjà plus au milieu de nous que par un souvenir !

JULIA.

Prions, mon frère, et peut-être que ce Dieu miséricordieux, et que je me plais encore à croire tout-puissant, se souviendra de nous dans sa bonté infinie.

SILVIUS.

Mais ce Dieu a-t-il la puissance de ressusciter ces hommes dont les cadavres ne sont déjà plus que des monceaux de cendres et de poussière ? Non ! non ! tout est fini ! La force brutale a triomphé de l'intelligence, la ruse de la sincérité, et nous, courbés sous le joug de l'erreur et de l'imposture, nous ne pouvons, faute de guides éclairés, que suivre la route que nous ont malheureusement tracée nos pères ! O Christ ! qu'es-tu donc, toi en qui je découvre tant de puissance et tant de faiblesse ? Si tu n'es qu'un homme, d'où vient que tu aies des adorateurs qui méritent, par leur courage et leur vertu, nos hommages et nos respects? Qu'es-tu donc, toi à qui nos dieux eux-mêmes n'auraient pas dédaigné de dresser des autels? Si tu es un Dieu, pourquoi permets-tu à un empereur, à un homme, de détruire l'œuvre que tu es venu toi-même fonder parmi nous? Oh! pourquoi ai-je si longtemps fermé les yeux à la lumière et mon cœur à la vérité? Maintenant il est trop tard! oui trop tard! Hélas! qui me rendra, dans cette vallée de larmes, la paix et le bonheur? Dans le ciel, un jour, qui me rendra Blandine?

SCÈNE III.

LES MÊMES, *plus* IRÉNÉE.

(Irénée sort d'un groupe d'hommes, s'appuyant sur un bâton recourbé par le haut, et s'avance au milieu de la scène.)

IRÉNÉE.

Moi! si vous êtes animés d'un ardent désir.

SILVIUS, *surpris et presque effrayé.*

Toi!

IRÉNÉE.

Oui, Seigneur!

SILVIUS.

Qui donc es-tu? d'où viens-tu? qui t'envoie? qu'apportes-tu?

IRÉNÉE.

J'apporte la foi, cette lumière divine descendue du ciel sur la terre pour nourrir et éclairer votre intelligence; la foi, ce flambeau lumineux qui doit éclairer les savants dans leurs investigations philosophiques et scientifiques, et préparer d'avance aux sages la voie de la perfection ; ce flambeau lumineux devant lequel doit s'humilier l'orgueilleuse raison, sous peine de tomber de sophisme en sophisme, d'erreur en erreur, de chute en chute, jusqu'aux dernières profondeurs de ce gouffre immense, dont le premier degré s'appelle le doute rongeur, et le dernier le sombre désespoir. J'apporte, dans tous les cœurs brisés par la douleur ou ulcérés par le remords, le baume précieux et consolateur de la douce espérance. J'apporte, enfin, la charité, ce lien fraternel qui doit réunir un jour tous les hommes entre eux et remplacer, au nom de la justice et de l'humanité, les chaînes de l'esclavage. Je viens ! et Seigneur, que vous importe d'où que je vienne ? Demandez-moi plutôt où je vais ! Oubliez le passé, qui n'est déjà plus ; saisissez le présent, pendant lequel il vous est donné d'agir, et pensez surtout à l'avenir, qui est l'éternité ; à l'avenir, qui n'est autre chose que Dieu lui-même. Or, c'est ce Dieu, qui est mort pour vous et qui pense toujours à vous, qui m'a envoyé en ces lieux pour opérer le salut de votre âme, pour vous bénir et vous conduire sous ma garde sûre dans son royaume éternel ! Je vais où des milliers de chrétiens nous attendent, où Pothin et Blandine sont déjà ; je vais et je conduis au ciel ! Voulez-vous y venir ?

TOUS ENSEMBLE.

Oui ! parle, commande, et nous t'obéirons !

IRÉNÉE.

Eh bien ! suivez moi ; suivez les conseils et les exemples que je vais vous donner. Mais puisque vous voulez m'obéir et me suivre, il est juste que vous sachiez qui je suis. Je suis Irénée, le disciple de Policarpe et de Papias, Irénée le prêtre et maintenant le successeur de Pothin ; je suis le pasteur des églises de Lyon et de Vienne, le père spirituel de tous les chrétiens répandus dans les Gaules, et je puis, en vertu de la puissance qui m'a été donnée d'en-haut et dans la juridiction des âmes, agir au nom du Dieu vivant.

SILVIUS.

O Dieu des chrétiens, merci ! merci !

IRÉNÉE.

Eh quoi ! homme de bonne volonté, homme doué d'une vaste intelligence, mais pourvu de bien peu de foi, vous avez cru que la mort de quelques hommes et la ruine de quelques temples suffisaient pour ensevelir à tout jamais, la parole sainte ? Vous avez cru qu'il suffisait de quelques édits sanglants, signés par une main plus sanglante encore, pour anéantir l'œuvre de la rédemption, détruire le travail de vingt siècles, et rejeter dans le néant le Désiré de toutes les nations ? Celui qui a été salué par les prophètes d'Israël, entrevu par les sages de la Grèce et chanté par la bouche des Séraphins ? Apprenez donc, Seigneur, que chaque goutte de ce sang précieux qui est versé pour la défense de la vérité est une semence vivace et très-fertile de chrétiens, et que la rage des persécuteurs sera bientôt vaincue par le nombre et la patience des martyrs.

SILVIUS.

Nous pouvons donc espérer, moi et les miens, d'être reçus parmi les disciples du Christ ?

IRÉNÉE.

Oui, tous ! tous !

SILVIUS.

Mais si jusqu'à présent je ne m'étais servi de mon intelligence et de ma volonté que pour propager le vice et opérer l'œuvre du mal?

IRÉNÉE.

Qu'importe?

SILVIUS.

Mais si j'avais livré, vendu le sang de l'innocence?

IRÉNÉE.

Et que me font à moi, Seigneur, vos erreurs et vos crimes passés? Je suis ici, au nom du Christ, pour prier, bénir et pardonner le pécheur pénitent, et non pour punir! Voyez, Seigneur, voyez cette croix! (*A ces mots, le groupe d'esclaves et de soldats qui étaient au milieu de la scène sur le deuxième plan, se sépare en deux parties; l'on voit un autel sur lequel est placé la tunique de Blandine, et derrière cet autel une grande croix.*) Eh bien! c'est là, c'est sur ce lit de douleur, sur cet autel sanglant, que le Juste par excellence, l'Agneau pur et sans tache a été immolé pour arracher l'homme coupable, injuste et prévaricateur, à la damnation éternelle; c'est là que l'innocent Abel est mort pour effacer la tache criminelle qui souilla le front de Caïn, le premier fratricide, de Caïn, le pécheur. Puisque Dieu se contente de cette illustre victime, que vous faut-il de plus? Venez, Seigneur, venez! Vous tous aussi, mes enfants, approchez, et aux pieds de cette croix et sur cette tunique ensanglantée jurez de vivre désormais en vrais chrétiens et de mourir s'il le faut.....

TOUS ENSEMBLE, *la main étendue vers la croix.*

En martyrs! oui, nous le jurons tous!

IRÉNÉE, *comme inspiré.*

En ce moment, l'avenir de l'église du Christ se découvre à mes yeux éclairés par la foi. Voyez-vous cette croix,

www.ingramcontent.com/pod-product-compliance
Lightning Source LLC
LaVergne TN
LVHW020323230826
846091LV00003B/750
9782329758244